寫作吧！你值得被看見

蔡淇華——著

推薦短語

散文家、國文課本編輯　石德華

一撕去封條，三十六天罡星，化做百十道金光飛霄沖天，封條上幾個大字：遇寫作而開。蔡淇華噴薄發亮的生命力。

公民記者、作家　史迪爾小姐

淇華老師是我寫作的啓蒙師，因爲有了寫作力，我變成公民記者，成爲作家的夢想得以成眞。打開這本書吧，你值得被看見！

《大閱讀》作者、丹鳳高中圖書館主任　宋怡慧

淇華老師是年輕孩子的心靈導師，喚起他們寫作的初心，善用五感體現四時遞嬗、人情流轉。這不只是一本寫作聖經，更是道盡生活哲學的智慧之書。

《心教》作者、千樹成林作文班創辦人　李崇建

老朋友淇華談寫作，他的文字非常吸引我，尤其這本書的洞見，淺顯而直指核心，讓我獲益良多。

詩人、資深作文老師　紀小樣

生活在人間，你怎能對人失去興趣。這是一本關於人／文的書，而蔡淇華老師又是一個錯過可惜、故事滿檔、正向陽光、有趣的文／人。

雲林華南國小、樟湖生態中小學校長　陳清圳

當全民都開始陷入複製貼上的漩渦時，淇華以四十篇文章，教大家如何愉快地寫作，如何有生命力地寫作。尤其能夠讓人深刻反省，透過寫作，重新描繪真正的自己。

小說家　許榮哲

一個人的美好可以傳給全世界，這本書教你向全世界發聲，也是一臺關於如何寫作的wifi分享器。

師鐸獎得主、彰化縣鹿鳴國中國文老師　楊志朗

淇華獨創「寫作四十力」，深入淺出，娓娓道來，自己看了恍然大悟，原來寫作可以這樣輕鬆、這樣教。這對於老師學生眞是一本最佳寫作的入門書籍。

詩人、第二天文創執行長　嚴忠政

寫作也可以是一種「企業條件」或一個管理階層。作者經營的文字告訴我們：書寫本身就是一套加值系統——如果你和這本書一樣，有力有味

推薦序

感動，並且深深地害怕

前不久，答應某大學中文系邀約演講——主旨是個人創作經驗的分享，希望可以給學生一些文字創作的刺激與實質效益。時日漸近，頭緒紛繁，便潛水到淇華臉書充電、接受刺激……想不到以此隱形因緣，承蒙不棄，事後竟要浮出水面、受託為序。

說真的，個人天賦、秉性的差異，加上生命際遇、經驗的不同，沒有人可以完全複製任何人成功的經驗。紅玫瑰和紅蘋果的種籽，需要的陽光、雨水與土質……應該有所不同，不要以為它們都有「紅」就可以用同樣的栽培方式、納入相同的盆栽。

作文教學近二十年，其實早該出書自我行銷了，筆者卻常因為「寫作不能教、無法教的部分」而裹足不前。知道好友淇華在惠文中文創班的教學有成，並且有心總結經驗、爲文成書，自是興奮期待。此前在其臉書十有八九已深入拜讀，在出書付梓之前，更全面細讀，心有戚戚！

寫作如果只是文法修辭的訓練，那是把所有科目的思辨推給國文老師——這是所有國文老師的無奈，而更多的國文老師卻再把這份無奈用修辭推衍成方便與怠惰……嗚呼！

德蕾莎修女曾說：「與愛相對的，不是仇恨；而是無視！」臺灣多少世代的孩子長久生活在物質舒適圈、經驗貧乏，甚至對人、對生命無感。記得淇華的第一本書《一萬小時的工程：隱形的天才》中，深烙心中的一句話：「教寫作，不如教感動！」是的，文學這無用之大用，就在培養一顆共感天地的柔軟心。

擁有小說、新詩創作、廣告文案、文創班指導的背景歷練，淇華在本書中擇其心法大端、傾囊相授。從生活經驗切入省思，教我們眞誠面對生命的不堪與痛處；從宏觀到微觀，拉動情感的變焦鏡頭；有時又一默成雷，以留白召喚，讓我們知道忍住淚比號啕大哭更讓人不捨……讓我們知道文字不祇會呼吸，還有自己的心臟和心跳，甚至更多的血脈相連……

文章到底要「寫什麼」？文章又要「怎麼寫」？本書皆有獨到又鞭辟入裡的分析——深入聚焦寫作的多道法門，使人開竅皆通文章堂奧。聰明的讀者在閱覽過後應會發覺，「生活、對話、具體的事件」是本書的支撐骨幹。淇華眞是一個循循善誘的說書人，所以「故事」理所當然是這本書的核心妙技，讀者不妨細心體味、吸收內化其精髓，等到您自己要書寫時，自然就不是難事！

《寫作吧！你值得被看見》——這是一方沃土，您若踏足深入，相信不久便可以開出自己的繁華盛果。

最後，講句老實話，我實在不願意推薦您看這本書，因爲在創作的路上，我勢必將多一個敵手。「廉頗老矣！」實在害怕本書造成洶湧的後浪，在文字的沙灘上將我掩埋！

紀小樣

詩人、資深作文老師

推薦序

不只是「鷹架」

在公館的二手書店，《聯合報》主辦的「國文鮮師陪你玩青春」聚會中，終於眞正認識淇華老師。當天所有與會的人士都具有作家身分，同時都是老師，而淇華老師的故事處處充滿著熱情和勇氣。關於公平和正義，還有無可救藥的理想主義，好管閒事的他用一次又一次的行動告訴學生：

每個人都有可能改變世界，不論是一支筆或是一個理念，只要揮動它，就會讓你飛高高。

明明是英文老師，不是國文老師，卻持續指導學生文學創作，獲獎無數；明明是圖書館主任，根本不是文化部部長，卻帶領學生以行動關懷人群，從事社區營造；明明是手拿一本書站上講臺即可完成教師任務，但一看到學生因閃避並排停車而遭輾斃時，再也吃不下飯，隔天就穿上交通背心，印了一千份勸導單，帶二十五位學生，在三個路口，在並排車輛的擋風玻璃上夾放勸導單：「並排停車／危害騎士及行人／可恥！」

如此的生命熱情，絕不只於浪漫的情懷！而那足以延燒整座校園甚至對岸的創作熱能，絕對不僅止於手中的一支筆！

那間初見面的二手書店，如今已熄燈，但關於文字的火種，還在我們心中燃燒著！而這些，不管是大考中心研議考不考作文，或是十二年國教洋洋灑灑寫了一長串如何強化「核心素養」的美麗課綱，身為語文老師，站在教育的第一線，我們永遠要比社會輿論或是教育官員清楚：

培養語文能力與寫作能力，不是看到有沒有七十五級分的頂尖成績，而是培養學生一生寫作的素養！

這本《寫作吧！你值得被看見》就是一本培養學生一生寫作素養的好書，

四十篇用心澆灌的文章。當時在報紙開始刊載時，就已成了我必讀的文章。不但自己獲益匪淺，透過淇華老師旁徵博引的說故事方式，學生也能輕鬆理解。

一如淇華老師在本書中所言：「我一直不敢用學院的語言來『嚇學生』，我必須不斷地簡化、類比，找尋工具搭鷹架。就像提出近側發展區理論的利維．維谷斯基（Lev Vygotsky），他說：「教學者是在搭鷹架……在學生蓋出高度後，就可以撤離鷹架。」

非常感謝淇華老師爲語文教育搭起了非常堅實有極具可讀意義的「鷹架」，不僅適合學生各自延展，亦適合語文教育者各自研展。非常感謝這本書，它成了我教學的指引！

顧蕙倩
師大附中國文科教師／銘傳大學應用中文系助理教授

自序

寫作吧！你值得被看見

我常常想起二十五年前臺北午後，八德路的廣告公司，休息室的黑咖啡浮動著我的苦澀，就要溺斃的我等待一個廣告標語。勉力抬頭，但見春日遲遲，百葉窗篩過後，明暗不定，晃晃悠悠，像我騷動的心——「AE（廣告業務）說我只要想出一個廣告標語，AD（美術設計）就可以開工了，但我卻虛度一個下午，一個都想不出來，我是一個沒有競爭力的Copywriter（廣告文案），是不是該離開這個行業？」

江郎才盡的我真的離開了，離開了臺北，離開文字，也離開創作的夢。那個夢是變形蟲，被現實切成兩半後，沒有細胞核的一半便逐漸死去。

漂流到另一塊盆地後，因緣際會成了教師，黑板代替了稿紙，粉筆代替了鋼筆，生命的痕跡被板擦一劃過，二十年灰飛煙滅。

我以爲再也找不到那個生命起點的細胞核，直到遇到詩人Y。

Y說得一派輕鬆：「作品是時代的耗材，靈感是弱者的藉口。」

「怎麼可能？我年輕時還能寫幾篇像樣的東西，但現在停筆二十年，腹笥已窘，再也寫不出東西了。」

「你只是沒遇到好的老師，沒學到對的方法，寫作眞的沒那麼難。」Y不僅激勵我，還常常爲我解析詩的來處。詩是意象語言，用文字畫圖，因爲兼具畫面與美感，讀者一下子就進去了。

「意象語言不就是我當年百思不可得的廣告標語，不就是最厲害的歌詞，不就是每篇散文等待的名言佳句嗎？」

「呵呵，你終於懂了，可惜臺灣的寫作課只教升學考試的作文及賞析，不教一輩子帶著走的寫作力，所以沒有幾個人有機會插上『意象之翅』，在創作的天空自在飛翔。」

在現實泥濘的退化爲爬蟲類太久，我想飛了。

胡適說：「發表是吸收的利器。」所以我先在學校成立詩社，將自己學習意象語言的心得分享給學生。我天資駑鈍，反而有利於教學，因爲我知道「寫作從零開始的邏輯」，知道用什麼方式來說明，初學者才聽得懂。

就這樣，五年內，我指導超過一千人次創作，學生得到超過兩百個新詩、散文、小說及微電影的校外獎項，連自己的筆也活了，先參加一些文學獎試試水溫，從佳作到首獎，漸漸對自己的創作和教學有了信心，也開始勇於在臉書與報刊分享。

爾後，如各位所見，一個年逾四十的中年人被看見了！

從二〇一四年三月學運時的散文〈野百合父親寫給太陽花女兒的一封信〉、高雄氣爆時的新詩〈聞你〉、到臺南地震時的歌詞〈臺南　深呼吸〉，文字幫我暢所欲言，甚至幫我撫慰受傷的心靈。不過三年，學會表達後，文字翻天覆地改變了我的一生。

一年半前，《國語日報》邀請我接續作家周芬伶，書寫雙週專欄「散文教室」，我決定爬梳這幾年的研究與心得，從意象書寫、藝術概論、破題、謀篇、材料蒐集，到散文與小說、戲劇、電影的關係，一篇篇整理下來，用最淺顯、說故事的方式分享給讀者。

我跳開晦澀的學術用語，躲避坊間俗濫的作文套詞，嘗試用具體實例條陳縷析，以成功個案見象明義，甚至加入感人的生命書寫來召喚讀者。一開始我就不想把讀者群局限於學生，「寫一本升學爲文、電商操網、品牌行銷或是廣告文都需要的工具書，讓文字成爲被人被看見的能力」，一直是我航行時不斷仰望的星圖。很高興這樣的嘗試得到許多讀者的認同，發表至今，累積近萬次分享，催促出書的聲音也愈來愈多。

後現代是去中心化的微權力時代，但我們卻可以靠文字力掌權。網路的無遠弗屆，讓每一個人都可以靠經營自媒體文字，從邊緣變成新的中心，並得到改變世界的權力。

在群體對影像瘋狂的年代，文字仍是萃取世間一切價值的最佳工具，「祂」不僅不退流行，連最強大的搜尋引擎都以祂爲鑰。

寫作力仍是二十一世紀最容易被看見的能力，不管地表如何岡巒疊障，任何人都需要擁有書寫的翅膀，用寫作力飛上高空，讓自己被看見，也因此看見更遼闊、更壯麗的世界。

謹以這本書獻給渴望飛翔的朋友，打開這本書，就像打開一片天空，也要記得——寫作吧，你值得被看見！

CONTENTS

目錄

推薦序 感動，並且深深地害怕 — 紀小樣 006

推薦序 不只是「鷹架」 — 顧蕙倩 009

自序 寫作吧！你值得被看見 012

01 覺察力：一天一百次的墜落 020

02 現場力：當你不再劃掉我的女字旁 027

03 五感力：太平洋的風比較長 032

04 命題力：擦亮黑漆漆的地板 039

05 主題力：從「一杯麵」到「大英雄」 044

06 對話力：噢，你也在這裡？ 049

07 出場力：桑迪亞哥八十四天的等待 054

08 烘托力：不再模糊的祖父 058
09 聊天力：當自己的蒲松齡 063
10 移情力：那一刻，他在想什麼？ 068
11 用典力：伊卡洛斯的翅膀 073
12 名詞力：一顆稗子提心吊膽的春天 078
13 去形容詞力：魚眼睛和蚊子血 083
14 鏡頭力：扣緊人心的鉤環 088
15 素材力：爺爺的同學會 094
16 字彙力：請用一百場雪大端我 099
17 字辨力：歪腰的郵筒 104
18 量化力：凱瑟琳的威力 109
19 聯結力：月亮以每年三公分離去 114

20 受眾力：捨不得不讀你 118
21 隱藏力：雲中的憂傷 124
22 閒散力：侯孝賢的散文——聶隱娘 128
23 壓縮力：散文的南柯一夢 134
24 減除力：斷臂的維納斯 138
25 節制力：站起來的陀螺——史迪爾小姐 142
26 節奏力：你聽得到文字的呼吸聲嗎？ 147
27 邏輯力：讓美感充滿力量 151
28 迂迴力：爬樹的魚 156
29 矛盾力：憂傷帶來快樂 161
30 誇飾力：龍族的戰場 166
31 反向力：輝煌的黑暗之心 171

32 圓融力：別把人給看「扁」了 176
33 神話力：一五一萬億公里 181
34 小說力：穿越時空的司馬遷 186
35 格物力：咬住彼此的齒輪 192
36 感應力：陪你深呼吸 198
37 自媒體力：螢火蟲之墓 204
38 詩眼力：攔檢晚風 210
39 情理力：繞過幾個委屈 216
40 關聯力：品格籃球隊 223

01 覺察力

一天一百次的墜落

我們太「習慣」自己的生活，所以對生命的獨特性習焉不察；
渴望改變生命，卻在一次次挫折後，開始害怕去碰觸……

暑假應《國語日報》之邀，至中部一所辦學績效卓著的國中演講，我把麥克風拿到十幾個學生面前，問他們：「請舉出國中階段，一次生活中的學習經驗。」除了一位女同學，大多搖搖頭表示生活中沒有什麼特別的學習經驗。

我異常驚訝，就像海倫凱勒聽見一位甫自森林歸來的朋友說「林間沒什麼特別處」的回答，覺得匪夷所思。

「生活經驗」是國中學測作文最大的命題重點，例如：

一〇二年基測：〈請以你的經驗，寫作生活中來不及的狀況與感受〉
一〇一年基測：〈請就你的經驗，說明一項對生活影響極大的發明〉
一〇〇年基測：〈當我和別人意見不同的時候〉
九九年基測：〈那一次，我自己做決定〉

以上題目在在希望同學們以「生活經驗」爲素材。

很多人問廣告才子孫大偉爲何創意不斷，他僅回答：「認眞的生活，你就會有源源不絕的創意。」如同散文家石德華所言：「文學應源於生活，但又高於生活。當作家之前，須先成爲生活家。」那麼，什麼是「認眞的生活」？什麼又是「生活家」呢？

我認爲關鍵就在「覺察力」。

學者陳金燕如此界定「覺察力」：自己「瞭解、思考」自己在「情緒、行爲」等方面的「變化」，及「發生的原因」。

我曾要求一位學校足球隊的守門員，寫下成爲足球員的心路歷程，第一次他只寫「團練很操、教練很嚴、希望全國賽拿名次」這類白開水般、平淡無味的文字。於是我找他過來，問了幾個問題：

「你剛入球隊時有這麼厲害嗎？」

「沒有，但我練習很多耶。」球員有點靦腆。

「怎麼練習？」

「就隊友踢，我接啊。」

「要跳起來接嗎？」

「當然要，飛球還要跳起來飛撲。」

「跳多高？」

「大約一公尺高。」

「一天飛撲幾次？」

「大概一百次吧。」

「掉下來痛嗎？」

「當然痛啊！」

「痛幹嘛繼續練？」

「我是競技運動員，那是我唯一會的本事啊……」

「你有因爲當競技運動員，得到其他的能力嗎？」

「好像比較不怕……比較不怕……其他的痛。」

「其他的痛？」

「像是爸爸一直不回家，養我的阿嬤生重病，我的生活費常常不夠，學校成績老是跟不上等。」

我聽著聽著，心突然有些隱隱的痛。「那，那你爲什麼比較不怕這些痛了？」

「就把他們當成對手踢過來的強球，擋下來，放下，再接另外一顆就好了。」

我看著眼前這個皮膚黝黑，眼睛深邃的體育班學生，頓時覺得他的身後彷彿有光。「喏，這是你回答的話，是你自己的文字，我剛剛幫你抄下來，把他補上後再交回來。」

一週後，他交來一篇定名爲〈本事，一天一百次的墜落〉的作文：

你害怕墜落嗎？墜落會痛，我也怕，但我不能怕，因爲我一天必須面對一百次一公尺的墜落，那是我能力所在，也是我榮譽的來源……一位老師說：「墜落，誰都會，但能夠一次次再爬起來，是本事。」原來，我書雖然念的不怎麼樣，但也有我的本事……

我知道，明天我仍會繼續從高處跌落，但我仍會站起來，接下迎面而來的每一記強襲球。因爲我是競技運動員，一個有眞本事的人。

他以這篇文章參加了文學獎，雖然沒有得名，卻是當年最感動我的作品。這個守門員在畢業典禮後到圖書館找我，有感而發地說：「以前怕寫作文，但寫完那篇後，我開始學著認眞『感覺』每一個當下，有時像個外人去『觀察』自己這些年來的生活變化，發覺有好多可以寫。其實，我們隊上每一個人都有很精采的故事……」

法國藝術家羅丹（Auguste Rodin）說：「這世界並不缺乏美，只是缺乏發現美

的眼睛。」我們太「習慣」自己的生活，所以對生命的獨特性習焉不察。其實，成長需要勇氣，更需要覺察，若我們總是逃避覺察自己的生活，將無法改變與成長。

《老子》三十三章有言：「知人者智，自知者明。勝人者有力，自勝者強。」覺察是自知，是一生寫不盡的作文素材，若覺察後能當個正向改變的「自勝者」，就是眞正的強者了！

〈自勝者強〉也是一〇一年大學學測作文題目，原來，「覺察」不僅有助於構思行文，也是帶領我們看人生的最佳嚮導！

02 現場力

當你不再劃掉我的「女」字旁

你一定要一次次地踱回現場，找到受凍的自己，替他拂去衣上雪花，然後才能牽著他的手，站上文字疊起的高度，併肩共看天地浩大……

「蔡老師，你的文章沒堆砌詞藻卻好看，令人感動。你能告訴我技巧是什麼嗎？」

「回到生命現場，拿起筆，就不要畏懼。」我總是如此回答讀者。

我在第三本書《有種！請坐第一排》，寫下了種種青春的不堪，像是小學時偷竊母親的錢、中學時對外貌的自卑、高中時痛徹心扉的友誼背叛，以及大學時失去愛情的迷惘。那堆在心理暗角幾十載的箱子，是我最真實的生命現場，但要拂去層層積灰、重新開啓，需要勇氣。我的學生娟（化名）才華洋溢，卻一直打不開她的箱子。

當學生找不到寫作題材時，我總試圖要他們走回生命的上游，那貪、嗔、痴、愛，盤根錯節的記憶，拿來爬梳生命時，沒有人不會掉下幾縷有墨韻的落髮。娟因此說出了家中「重男輕女」的巨獸，如何每天囓咬她的生命。

娟聲淚俱下地說出父母對她及弟弟的差別待遇，最後我們討論出以〈弟帝〉為題，用象徵性手法含蓄說出，在家的「深宮」中，父親、母親這兩位「大臣」每天如何服侍「弟帝」，而她就像是做盡一切勞役、身分卻永遠卑下的「宮女」。

交稿前，娟卻決定將心事重新上鎖。我們之前聊了三個小時的寫作計畫，化作深秋宮女不落的白髮，大臣永遠無法知曉宮女的委屈，而「弟帝」仍將皇祚綿延。

如果說娟背負著一個不見天日的木箱，那禁錮另一個學生芳（化名）的囹圄，不啻是個沉沉的鐵櫃。

那天，芳在生命的現場來回踱步後，決定展示他的鐵櫃，寫下：

國文老師將我作文簿上的每個「她」，都改成「人」字旁的「他」，老師說我寫錯了，說我是女生，告白的對象不能寫成「她」……媽媽買了很多帥哥猛男的雜誌給我看，甚至帶我去看心理醫師，希望能醫好我的「病」，但是媽，我沒有生病，我還是妳生下時的原樣；而老師呵，只有當你不再劃掉我的「女」字旁時，我生命的部首才能擁有眞正的「人」字旁。

當我睇著這篇命名為〈女字旁〉、一字一淚的散文時，不禁語重心長地問芳：「確定要投這篇稿？你知道刊出的後果嗎？」

「老師，你是不是說過，寫文章眞誠為先？」

「是的，我說過，但……」

「我不想再自欺欺人了，決定今天起眞誠地看待自己的生命，所以老師不用替我擔心，投吧！」芳那天決定給自己一把鑰匙，走出櫃子。

文章後來得了獎，上了校刊，同學們與芳的相處也不見異樣，原來這個世界，不管是為人處事或是行筆為文，愈能眞誠看待自己的愈可能得到看重。像曹雪芹臨摹一生的胎記——先人江寧織府的沒落，而有了錦織玉繡的《紅樓夢》；

高爾基（Maxin Gorky）寫《童年》，留下俄羅斯文學中最光輝的外祖母形象；還有對自己說「把他們寫下來吧」的林海音，實際的童年過去了，心靈的童年卻在《城南舊事》永存下來。這些作家蹚回生命現場，如同法國畫家雷諾瓦（Pierre-Auguste Renoir）形容的經驗：「痛苦會過去，美會留下。」

每個書寫者的生命現場都是他一生取之不竭的寶藏，好的作家很少不從自己的生命出發。或許某些生命的現場永遠飄著大雪，讓你沒勇氣再闖入那年的寒冷，但相信我，文學的溫度足以讓你禦寒。

你一定要一次次蹚回現場，找到受凍的自己，握緊他的手，走到那年不敢跨過的冰河，一起用文字搭橋。相信我，走過去，就是星垂平野，大江奔流！

註：半年後，娟終於提起勇氣，完成了她的〈弟帝〉，並得到中臺灣聯合文學獎散文組第二名的佳績。

03 五感力
太平洋的風比較長

沒有真實情境，孩子怎麼會有刻骨銘心的感受……
熱情不會來自教室，好文章常是孩子們用沾滿泥巴的雙手，從大地捧出來的。

「你覺得臺灣海峽的風與太平洋的風，有什麼不一樣？」

小學生閉上眼睛，用心聽風，然後緩緩說出：「太平洋的風，比較長。」這是華南國小陳清圳校長與他的學生的對話，如詩一般。

兩年前與陳清圳一起受邀，參加報社主辦的寫作座談會。我心底狐疑，一位念生態的校長懂寫作嗎？但二〇一五年與他同遊英倫，聽完他的故事後，我徹底折服——他懂寫作教學，比我還懂！

接受民視專訪時，陳清圳有點激動：「臺灣的孩子與眞實情境脫節了，他們學習的都只是套裝知識，但從心理學、生理學一直到哲學都告訴我們：孩子必須從眞實世界走向抽象世界。」

所以陳清圳帶著學生騎腳踏車環島，在島嶼的兩側聽風；他還帶著學生在社區溯溪，孩子踩著沁涼的野溪，見到激流中奮力擺尾的小魚，卻觸摸到居民丟下的垃圾與農藥瓶，十歲的鼻腔聞到廢棄物汙濁的氣味，小小的心靈被震動了，於是決定攤開大地當稿紙、用公聽會當命題、拿麥克風開始書寫：「各位叔叔、阿姨、婆婆，我是華南國小的學生，今天要告訴大家，我們社區有一條美麗的蚪角溪……」

稚嫩的童音很小聲，大地卻安靜了，叔叔慢慢放下手機、阿姨豎起耳朵、老婆婆拚命點頭，他們決定組織巡邏隊，自己不丟垃圾也不准別人玷汙土地。然後，五個社區結盟簽約不亂丟垃圾，也不再使用農藥，於是果園的水果雖然變醜了，卻賣了更高的價格；溪流變乾淨後，溯溪與觀光增加了社區的收入，年輕人開始願意回來，社區有了生機，學校也不用被廢校了。

這一篇小學生寫的作文，你要打幾分？裡面沒有過多的修辭與技巧，卻是紮紮實實的「五感書寫」，經過眼、耳、鼻、手、心驗證的一字一句，強大到可以撼動世界。

一位香港的朋友，上個月分享她的孩子到臺灣農村體驗後的改變。

孩子的腳整整三天泡在稻田的泥巴中，小手還被稻草割傷過，但最後一天，當他嘗到自己輾穀烹煮的白米飯時，竟然扒完碗中的每一顆飯粒，然後對我說：「媽，如果妳慢慢咀嚼，妳會發現米是甜的。因爲妳知道，每一粒米都是清晨冰過、中午晒過、晚風涼過，土地送給我們的禮物。」我眞的嚇呆了，他以前只會用好和不好來形容一切，但現在竟然會感覺、感動，還有感恩了。

如同這位朋友所說，沒有五感體驗的文章眞的無法感動人。前兩年曾擔任一個全國寫作比賽的評審，讀到只有堆砌資料、修辭，卻沒有個人經驗的作品時，總覺得味如嚼蠟，但看到書寫自己所見、所聽、所聞、所做與所感的文字時，往往能馬上感受到作者的眞誠。當然，最後雀屏中選的一定是後者。

最近觸動我和全體國人五感的，是校園開始掛起代表空氣不良的紅色與紫色旗幟。我要求學生針對這個現象作文，大部分學生都複製柴靜紀錄片《穹頂之下》有關PM2.5的報導，只有一個學生花了一個週末的時間，坐車到臺中海濱，用十六歲的眼、耳、嘴、鼻去實際感受，寫下很有畫面的文字：

我終於抵達全世界最大的燃煤發電廠，在鹹鹹的空氣中，四座二五〇公尺高聳入雲的煙囪，被海風吹得左右搖晃，雖然被漆上了活潑的紅藍綠色，但吐出的黑煙卻隨著東風慢慢地往我居住的方向飄送。聽身邊的遊客說，風大一點會吹到埔里，若風小一點會停在臺中市上空。醫生說我的氣喘與鼻過敏和這些黑煙有關係，那怎麼辦？我們每天都要用到電，能不繼續排放黑煙嗎？

收到這篇令人悚然的文字後，我彷彿被他生動的描寫帶到現場，希望他能蒐集更多資訊，回答自己文末的發問，最後他在文章後面加上：

原來那黑煙是燃燒生煤造成，占了臺中市六六％溫室氣體排放量，如果我們轉換以天然氣燃燒，將可減少六〇％的碳排放，但用天然氣發電成本至少多一・五倍。報紙說日本廢核後，因受不了天然氣發電的高成本，大幅度增加燃煤發電；德國減核後主要則靠比臺灣生煤品質更差的褐煤發電，結果空氣汙染變得愈來愈嚴重。

從發電廠回來後，我又到醫院看氣喘，醫生說排在我前面的是一位不菸不酒的家庭主婦，但已是肺癌末期，可能是空氣汙染的受害者。醫生說臺灣一年約有一萬人因肺癌死亡。我在醫院濃烈的藥水氣味中，不斷地思考成本的問題，到底是換用天然氣發電成本較高？還是讓國人不斷在空氣汙染中倒下的成本較高？臺灣有可能在經濟愈來愈沒競爭力的環境下，選擇汙染少卻高成本的能源嗎？

從眞實情境回來的學生，五感被開發了，熱情被挑動，如同陳清圳校長在其著作《一雙手都不能放》中提到：「沒有眞實情境，孩子怎麼會有刻骨銘心的感受……熱情不會來自教室，好文章常是孩子們用沾滿泥巴的雙手，從大地捧出來的。」

今日的作文教育往往還停留在教室裡的稿紙，孩子的經驗與眞實世界沒有連結、敏銳感官沒有被啓發，書寫著無感的題目。可不可能讓他打開窗，看一看在生存與環保中抉擇的世界，聞一聞充滿PM2.5粒子的空氣；或是走進傳統市場，聽一聽幾百輛機車同時發動引擎和自己呼吸困難的聲音，然後他的肺可能會催促他

的心、他的筆趕快寫點什麼。

陳清圳校長在書的最後語重心長地說：「如果我們要拯救臺灣到處被破壞的土地，必須先拯救瀕臨絕種的指標物種——自然中的孩子，但孩子沒有選擇權，有選擇權的是我們大人。」大人們關閉了五感，假裝生活永遠高於生命，但要讓孩子的生命有高度，就必須讓他們的生活有深刻體驗。

所以，你認爲下一堂寫作課該怎麼上？

04 命題力
擦亮黑漆漆的地板

人類是視覺性動物，因此，有畫面感的具象與動作最能刺激視覺，也最能挑起讀者興趣。

前日擔任《國語日報》作文比賽評審，另一名評審作家丘秀芷在看過所有稿件後，不禁嘆息：「爲什麼現在的學生都不會下標題？」

題目就像是名片，是入口、是讀者興趣的起點，但往往在接到一張平庸的名片後，便停下腳步，不肯走進精妝巧琢的內文裡，令爲文者徒呼負負。

如何才算會下標題？

假若你看到一篇名爲〈父親的愛〉的文章，請問你有興趣一覽嗎？如果興趣缺缺，試試以〈背影〉與〈目送〉當作題目，是不是發覺更吸引人了？

相隔逾一甲子，朱自清和龍應台不約而同想爲父親塑像，但他們不以「抽象的愛」命題。朱自清選擇「具象」的背影，爲偉岸的父親定影；龍應台挑選「動作」——目送，表達對父親的不捨。這兩篇近兩個世紀初的懷父代表作，恰巧代表命題的二大訣竅：具象與動作。

前廣告公司文案高手「買買氏」金欣儀，便是利用此技巧的高手。她爲了幫助有機栽培的農夫，下了一個又一個鮮挑活潑的標題，例如「不嗑藥的野蓮」、「疼狗狗的芭蕉」、「打高爾夫的玉荷包」等。這些有畫面的可愛標題，既吸睛又有故事感，曾經半小時內幫農民賣光一座果園的產品。

上個月收到學校國中部幾篇好作品，但題目千篇一律，都是〈爲世界做一件美好的事〉，讓人不禁皺起眉頭。

「你們換個有創意的題目好嗎？」

「這是主辦單位的題目啊，不能改吧？」學生異口同聲。

「至少加個副標吧，我知道比賽容許加副標的。記得從你的文章中挑出最具代表性的『具象』或『動作』，而這個具象或動作可以具體表現爲世界做一件美好的事。」我連忙提醒。

隔幾日，有兩個學生交來的題目是「動作」，分別爲〈開始用力搬〉與〈黑漆漆的地板，要變亮晶晶〉。原來學生爲世界做的美好事情分別是「幫忙搬移颱風肆虐過後的殘木斷枝」以及「幫獨居老人擦亮原本黑漆漆的地板」。

以動作命題的好處在於「有動作就一定有受詞」，而動作與受詞可以指涉不同讀者的想像。例如「開始用力搬」會讓讀者想到搬走世上的各種不完美，而不會局限颱風後的殘木斷枝；至於「黑漆漆的地板，要變亮晶晶」，更能激起閱讀者「創造參與」，因爲每個人心中都有一塊無法忍受的「黑漆漆地板」，都夢想讓它變得亮晶晶，也使世界變得更美好。

而最後一篇的作者是高手，題目是〈加入華山派〉，既有具象又有動作。他利用「心智圖」將華山派聯結出幫派、論劍、俠客、排名等名詞，經過有意思地串連後，形成文末的意象系統：「金庸小說中的華山論劍，有人論俠義；也有人像現代人一樣，論的是名利排名。我年紀雖小，但我喜歡上自己的華山，一座只問付出不論階級的名山，在那座山上，能爲世界做更多美好的事，才是眞正的大俠！」

這位小作者抓到具象命題的要訣，讓文章「意隨象走」後，幫讀者「見象起意」。所以日後我們寫任何文章時，可以先不急著下題目，可能寫到一半，發現文章中有意思的具象或動作，試著拿它命題，然後發揮想像力，從這具象或動作拉出心智圖收尾，一篇興味盎然的絕世好文可能就此出現！

05 主題力
從「一杯麵」到「大英雄」

習武之人必有三階段——見自己，見天地，見眾生。

下課的短暫空檔，苦惱的學生來質問我爲何退回她的投稿。

「請問妳這篇遊記的主題是？」

「就是山中一日遊啊！」

「不，這不是主題，主題必須是一種選擇。」

「選擇？」學生被我搞糊塗了。

「美國詩人佛洛斯特（Robert Lee Frost）和妳一樣，到林中一趟。妳提到山中步行，以及夕陽帶給妳的喜悅。但佛洛斯特卻提到『兩條路在林間分道，很可惜，我只能選擇一條，而此後風景將完全不同。』

「好像和我的文章有一點不一樣，我的是感覺，但佛洛斯特還有思考。」學生有一點頭緒了。

「對，這就是《變形金剛4》和《大英雄天團》的差異處。」

「對齁，《變形金剛4》一堆特效，看打打殺殺的時候有一點興奮，但看完後覺得心底空空的。」

「講得好！」我知道講寫作不如從她喜歡的電影舉例：「《變形金剛4》燒錢製造氣勢磅礡的場景，但因爲沒有提供『選擇的思考』，沒了靈魂。反觀《大英雄天團》因爲有主題、有靈魂，硬是打敗了同檔期超強的《星際效應》。」

「我想起來了，《大英雄天團》眞的提供觀眾一個選擇。弟弟阿廣爲了替死去的哥哥阿正報仇，用『復仇』晶片取代機器人杯麵原本的『善良』晶片，想要毀滅壞人，但其他人阻止了他。」

「是啊，面對仇恨，我們可以選擇揮刀或放下，就像莎士比亞的《哈姆雷特》，王子喃喃自語：『To be or not to be is a question.』，爲了要不要復仇，每天痛苦不已。最後他選擇了復仇，仇恨的火焰也毀滅了他。」

「歷史老師說過，人類的歷史就是一部殺戮史，因爲眾生永遠無法放棄仇恨。」

「是啊，所以好文章會用『個人的經驗』講到『眾生』。」

「就像是老師社（團）課提過電影《一代宗師》中的話，什麼見眾生的……」

「習武之人必有三階段——見自己，見天地，見眾生。所以如果弟弟阿廣只見自己之仇恨，《大英雄天團》就弱了。」

「我愈來愈懂了，杯麵爲了救仇人無辜的女兒，最後犧牲了自己，是見眾生的大英雄。」

「妳記得阿廣最後搶救回來的是什麼？」

「杯麵送他們回來的鐵拳。」

「鐵拳中握的是什麼？」

「杯麵的善良晶片！原來『恨』中可以握著『愛』，這就是選擇！這就是主題！」學生好興奮。

「還有，阿廣用晶片讓杯麵復活了，這證明了眞愛不死，這就是選擇後的價值，而且是可以感動眾生的普世價值。」

「我眞的完全懂了，難怪片子看到最後會感動到鼻子泡在洋蔥裡，以後寫文章時，我會用心也用腦，例如與親人在林中散步後，結尾時可以思考：父母和我

每天忙碌地過日子，如果忘了陪伴，可能沒機會看見沿途美麗的葉子，甚至錯過美麗的夕陽。」

上課鐘響了，我看著不再苦惱的女學生，自信滿滿地說：「呵呵，太棒了！當妳懂得選擇，不僅文章，連生命都有了主題！」

06 對話力

噢，你也在這裡？

得到回答即是永恆，但若得不到回應，便成人間……

「去！去讀冊！阿嬤味要緊，緊轉去厝仔讀冊！聯考卡重要，緊轉去。」

學生寫他在升學考試前一天，到醫院探視癌末的祖母，祖母生氣地趕他回去讀書，等他考完，從考場飛車到醫院——祖母剛走，手還是溫的，手裡還握著他求來的平安符。

我看到學生寫的對話，眼淚忍不住落下，短短幾個字，一個一生奉獻給子女，到死前還只掛念著孫子的臺灣阿嬤原型，就在眼前。阿嬤雖然往生了，但孫子寫下的對話把阿嬤給寫活了。

因爲阿嬤只講方言，若將對話改爲「去，去讀書，祖母沒問題，快回家讀書，聯考比較重要，快回去讀書。」阿嬤的容色形骸頓失興味，可見使用對話時，一定要記得「什麼人說什麼話」，所以有日常「偷聽」、「默記」眾生對話習慣的寫者，更能寫出活靈活現的對話。

今日散文與小說中之對話手法無奇不有，試以十八歲少女鍾曉陽寫下的愛情傳奇《停車暫借問》爲例：

「江媽早！」寧靜笑嘻嘻地招呼道。

江媽亦道了早，說：「我給妳端稀飯去。」

「江媽別，我到外面吃去。」

對過的房裡傳來幾聲濁重的咳嗽，和「喀啦吐」一口痰，能想像到那口痰嗒一下落在痰盂裡的重量。

寧靜湊前問：「媽昨晚怎樣了？」

「今早過來喘得什麼似的，」江媽道：「敲門不應，咱也不敢進去。」

我們發覺，鍾曉陽讓對話出現在敘述的前、中、後，用「道」、「說」和「問」帶出對話。在第一句加入動作，還有標點來表現角色的情緒，幫助讀者快速認識角色。第三句連「道」、「說」和說話者都不用出現，但讀者已可從前後文判斷出說話者是寧靜。「江媽別，我到外面吃去」還顯現出寧靜體貼的特質。最後兩句「媽昨晚怎樣了」、「今早過來喘得什麼似的」則有交代情節，說明事由，以側面介紹別的人物，有慢慢堆疊戲劇張力的功能。

對話使用的比例因人而異，像我曾經模仿《蘇菲的世界》，全文以對話呈現，感覺比白描生動，減少閱讀時的疲憊感，收到不錯的效果。對話也可以精簡到成爲全文的情感最凝鍊處，試讀張愛玲作品〈愛〉：

這是眞的。

有個村莊的小康之家的女孩子，生得美，有許多人來做媒，但都沒有說成。那年她不過十五、六歲吧，是春天的晚上，她立在後門口，手扶著桃樹。她記得她穿的是一件月白的衫子。對門住的年輕人同她見過面，可是從來沒有打過招呼的，他走了過來。離得不遠，站定了，輕輕地說了一聲：「噢，你也在這裡嗎？」她沒有說什麼，他也沒有再說什麼，站了一會，各自走開了。

就這樣就完了。

後來這女人被親眷拐子賣到他鄉外縣去做妻，又幾次三番地被轉賣，經過無數的驚險的風波，老了的時候她還常常說起，在那春天的晚上，在後門的桃樹下，那年輕人。

於千萬人之中遇見你所遇見的人，於千萬年之中，時間的無涯的荒野裡，沒有早一步，也沒有晚一步，剛巧趕上了，那也沒有別的話可說，惟有輕輕地問一聲：「噢，你也在這裡嗎？」

眞正的感情常是失語的，像父親對女兒的一句「吃飽沒？」就是父親最木訥深沉的愛；而說不出的「我考得很好，阿嬤妳好走」是無法停止的思念。失去方寸的「噢，你也在這裡嗎？」可能是天下男子最靠近一生摯愛的那一刻，是最慌張卻最勇敢的一次對話！

而對話，得到回答即是永恆，但若得不到回應，便成人間……

07 出場力
桑迪亞哥八十四天的等待

讓那個人用「最值得被世界記憶」的樣子出場……

生活是一筆流水帳，將它不厭細瑣地記錄下來，雖善盡詳實之責，但像嘮叨的大媽，會把讀者逼成像急著出門的小學生，對媽大叫：「麥擱唸啊！」但是文學不是要記錄生活嗎？要如何記錄才能忠於生活、有藝術美感，又不損閱讀樂趣呢？「在故事的轉身處出場」是個好方法！什麼是「故事的轉身處」？什麼又是「出場」？讓我們比較下列兩種敘述法，請先看A敘述：

早上阿明在我最喜歡的女生前面罵我是豬，我氣了一天，在掃地時間時，我終於忍不住，於是我跑向阿明，撲倒他，舉起拳頭，此時全班同學都圍在旁邊，大喊：「打下去！打下去！」但此時，我想到阿明曾是我最好的朋友，緊握的拳頭停在半空中，揮不下去。

再看看敘述B：

「打下去！打下去！」掃地時間時，全班同學圍在旁邊大喊，但我緊握的拳頭正停在半空中。被我壓在地上的是阿明，早上他在我最喜歡的女生前面罵我是豬，我氣了一天，終於忍不住，於是跑向阿明，撲倒他。但此時，我想到阿明曾是我最好的朋友，緊握的拳頭停在半空中，揮不下去。

雖是同一件事，但將「轉折」的一刻放在最前面「開場」，讓B敘述變得生動好看多了！A敘述是一般文章的「起承轉合」，但在這充滿速度感的時代，一般讀者耐性不足，在閱讀「起承」的鋪陳時會失去耐心。若改成B敘述的「轉起承合」，「轉」就像是鉤子或是現代人常說的「梗」，會勾起讀者的好奇心，想看看到底何時破梗。

這種「在故事的轉身處出場」的寫法，不僅照顧到讀者的趣味需求，也營造出戲劇張力。「對話」與「動作」最適合放在「故事的轉身處」，連藝術成就極高的作品亦是如此呈現。

例如海明威（Ernest Miller Hemingway）的《老人與海》如此讓老人桑迪亞哥開場：「他是個獨自在灣流中一條小船上釣魚的老人，至今已去了八十四天，一條魚也沒逮住。」而不是從等待出航開始寫起，然後才接八十四天一條魚也沒逮住，第八十五天釣到一條大馬林魚，最後戰利品卻被鯊魚吃光，只能筋疲力盡地拖回一副魚骨頭。

海明威在開場便以桑迪亞哥最勇敢的轉身——八十四天的等待——揭示了人類在命運面前的渺小和微弱、巨大與勇敢。桑迪亞哥就是人類勇敢不屈精神的象徵。

人物再精采，終要告別；故事再輝煌，終要落幕。但對於每個人長江大河的一生，可別寫成一篇流水帳。請記得在「故事的轉身處」，讓那個人用「最值得被世界記憶」的樣子出場，然後當他告別人生舞臺後，讀者會因爲閱讀我們的文字，看到燈光亮了、鑼鼓點響了，他再度漂亮地出場，一轉身就是「出將」，一回眸也能「入相」……

08 烘托力 讓祖父不再模糊

佛地魔出場的時候，JK羅琳讓食死人露出害怕的表情，「烘托」出佛地魔比食死人更可怕……

「老師，我對祖父的印象非常模糊，因爲在我三歲時他就中風了，現在他每天癱坐在輪椅上，口齒不清，一身藥味，我要怎麼寫他？」

我前幾年讀了龍應台的《大江大海》，深受感動，於是辦了一個「我家的大江大海」徵文比賽，希望學生書寫自己的祖父母，一位學生提出他的困擾，我急中生智：

「用烘托法，側面烘托法！」

「蛤？什麼是側面烘托法？」

「烘托法是中國畫的一種技法，是烘雲托月的簡稱。中國畫在畫雲和月時，不在白色的宣紙上畫白色，而是藉由顏色的烘染，襯托出白雲與月亮。而利用烘托法寫作，就是不講主體，只用旁人的觀點來烘托主體。例如漢樂府〈陌上桑〉：『行者見羅敷，下擔捋髭鬚。少年見羅敷，脫帽著帩頭。耕者忘其犁，鋤者忘其鋤。』沒有一字寫羅敷，卻讓我們強烈感受到羅敷的美貌。」

「老師講的就像《哈利波特》中佛地魔出場的時候，連食死人也露出害怕的表情，讓我一下子就知道他是個厲害的角色。」

「例子舉得好，其實這是取法希區考克（Alfred Joseph Hitchcock）的電影手法。文字中烘托法用得最好的，要算是阿城的《棋王》和金庸的小說了。」

「好像是耶，記得國中的時候看《笑傲江湖》時，金庸把岳不群寫得很厲害，但等到令狐沖打敗岳不群時，才知道令狐沖更厲害。」

「是啊，所以有人說，會寫武俠小說的作家，不僅著重描寫第一高手，更重要的是對二、三流高手的刻畫。」

「所以我可以不用直接寫祖父，只寫他人和祖父的關係，就可以讓別人清楚認識我祖父？」

「沒錯，回家趕快問問長輩，就可以得到完整的『烘托』了。」

隔了一個週末後，學生臉上堆滿笑意地走進辦公室：「老師，我祖父是英雄，眞正的英雄！」他寫下：

從我有意識以來，祖父就是一個癱坐在輪椅上、口齒不清的中風老人。我對他的過去，記憶非常模糊，但是每次過年時，老家前總會停幾輛黑頭車，然後走下幾位穿著稱頭的客人，他們會握著祖父的手，不斷地說謝謝，然後離開前，九十度鞠躬五秒鐘，讓我心裡隱隱約約地覺得祖父不是一個簡單的人物……最近因爲學校作業要寫祖父，我決定要問問祖母，瞭解這些人的來歷。

原來好久以前的過年前夕，祖父到朋友家討債，結果看見他們幾個小孩子只吃醬油拌飯當一餐，他一時心軟，忘了來的目的，把口袋的錢全掏給他們，回家後被祖母唸了一頓……還有，祖父知道有一個鄰村小孩會到小吃店的垃圾桶找食物，爲了給工作受傷的父親吃，就會要祖母多煮一點，然後將完整的餐點偷偷摸摸地放在垃圾桶裡，結果這個小孩知道了，長大成功後，每年都會來拜年……

我讀著讀著，突然好想抱抱學生的祖父，「你祖父心腸好好！」

「眞的，祖母告訴我好多故事，我愈聽愈感動，趕快寫下來。」

「對了，你說祖父口齒不清，那他的聽力還好嗎？」

「聽力？聽力好像還可以耶。」

「那你回家唸這一篇文章給你祖父聽。」

「不要啦，很丟臉耶。」

但在我「恩威並施」下，學生眞的去做了。

「老師，我唸文章時，祖父很認眞地點頭，有時看著遠方，好像想起很多過去的事，等我唸完後，看他他眼睛溼溼的，趕快拿衛生紙替他擦，突然覺得他不再那麼臭，然後我做了一個動作……」

「什麼動作？」

「我抱著祖父，然後說：『阿公，你好偉大！』」

「哇！現在祖父的形象還會模糊嗎？」

「不模糊了，那五秒鐘九十度的鞠躬禮，『烘托』出一個很具體、很偉大的祖父呢！」

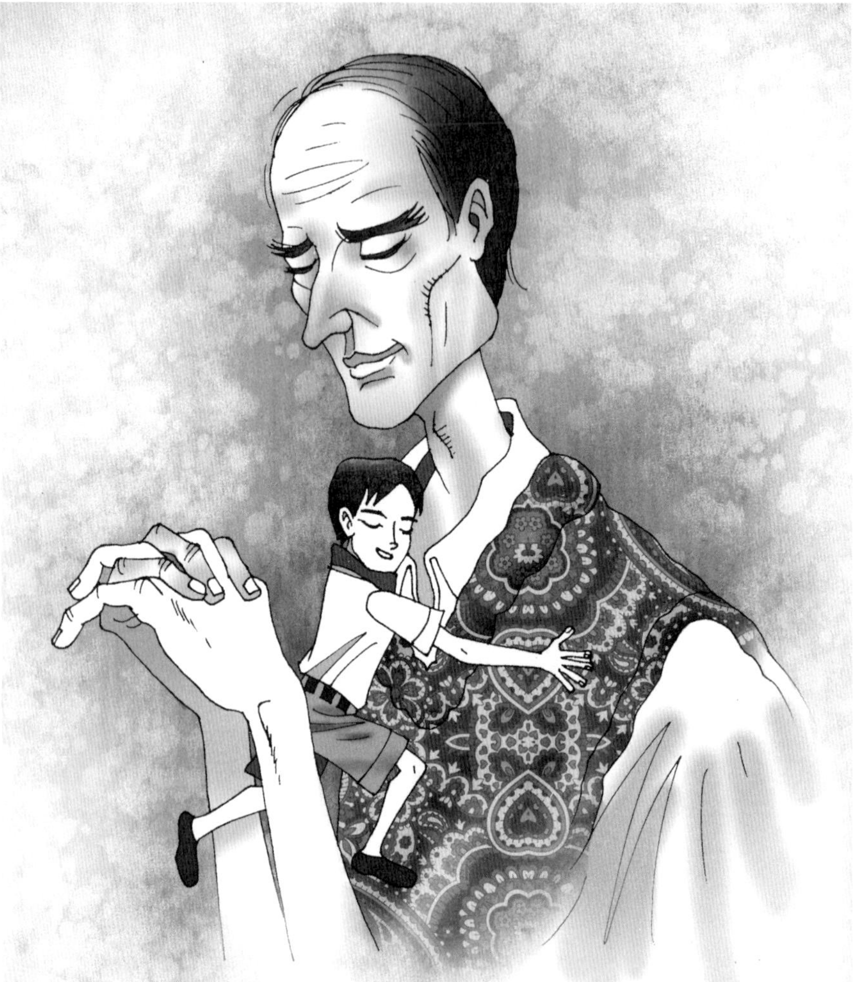

09 聊天力

當自己的蒲松齡吧！

我們沒有辦法像上一代有這麼多經驗，我們是經驗匱乏者。

駱以軍

以前老是納悶，那些專欄作家怎麼會有那麼多素材好寫？他們的寫作靈感哪裡來？現在我同時寫四個專欄，終於懂了，眞正的創作是不靠靈感的，靠的是「對人的興趣」。

如同小說家駱以軍所言：「我們沒有辦法像上一代有這麼多經驗，例如戰爭、流亡等等；我們是經驗匱乏者。」所以我們必須習慣去挖掘自己的生活，與蒐羅他人的經驗，像蒲松齡，「常設茶菸於道旁，見行者過，必強與語，搜奇說異，隨人所知。」

蒲松齡二十歲開始蒐集素材，要路過者對他說故事，只要說出一些神鬼傳說，就可以領取一碗小米綠豆粥，終於在四十歲時完成四百九十餘篇的《聊齋誌異》。現代人的生活網絡要比三百多年前的蒲松齡廣闊多了，只要和蒲松齡一樣對人有興趣，我們一生中能蒐集的好故事何止四百九十餘篇？

二〇一〇年寒假，我帶學校遊學團到德州姊妹校拜訪三週，一到週末，學生有接待家庭相伴，我和另一位帶隊老師只能在奧斯汀小小的城裡閒晃。一天地凍天寒、風大，腿軟的我們看到便利商店，連忙進去買罐飲料，坐在公園板凳解渴。三個流浪漢看見我們，拿手上的啤酒敬酒，我們也禮貌性地回應，不一會兒，一位走了過來，露出陽光般的笑容和滿口缺牙，並秀出雙手刺青給我們看，我瞥見左手刺著中文的「敬」、右手刺著「尊」，只是尊字的「酉」少了下面一畫，我有笑出來的衝動。

「我尊敬你。」刺青客說出英文。

「我也尊敬你。」我有點緊張。

「我尊敬你。」他應該是醉了，又說了一次。

「請問你在哪裡刺青的？」我禮貌問。

「在監獄。」我和同伴頓時臉上三條線，不知該如何接話。

「很酷！你的刺青很酷！」我有點詞窮。

聽完我的稱讚，他低下頭，若有所思：「我這一輩子很窩囊，年輕時幹了很多蠢事，現在很努力，只希望得到『尊敬』這兩個字，但，好難……」

我鼻頭突然有點酸，用力摟他的肩：「兄弟，我尊敬你，來，乾杯。」

這已是六年前的往事了，但奇怪的是，至今我一直忘不了他的臉，這個流浪漢好像一直在我身旁，在我看到陌生人時對我輕聲說：「別被他平凡的外表給騙了，他一定有精采的故事，去和他聊聊吧。」

之後，我不放棄任何聽故事的機會，遇到有趣的人甚至會詢問聯絡方式，直接提出邀約：「我能拜訪你，聽你的故事嗎？」於是，只有一輩子的我，因爲分享了他人的故事，有寫不完的感動，終於懂得寫作不必靠靈感，靠的是「對人的興趣」。

下次當你拿起稿紙，枯腸搜盡仍覺腹笥甚窘時，不妨去觀察眾生，與其對話，甚至主動記錄他人的故事。他人，可能居住在書本裡，可能在新聞事件中，更可能正行走在你身旁。人類最感興趣的還是人，若我們的作品無法提供有血有肉的人類，將無法得到讀者的「尊敬」。

今天起，換一雙眼睛，仔細看人的浮沉；改一副耳朵，用心聽人的靈魂。一陣子後，你將不再需要靈感，會有源源不斷的寫作材料，然後如同駱以軍形容的：「別人對你的理解，會視之爲才氣，或是瘋狂混亂的創造力！」

10 移情力

那一刻，他在想什麼？

考卷是否可以疊高我們的生命？

答案是「否」，如果用考卷搗住耳朵，聽不見身旁生命倒下時的轟然巨響……

學生們的小考進化為月考，卻無暇抬頭，看看光害裡還掙扎的幾顆殘星？月考再腫脹成升學考試時，流年已暗轉，還必須假裝天地相安。當孩子們的青春盛世徘徊在ＡＢＣＤ四個閉鎖選項時，請再回答一題是非題——考卷是否可以疊高我們的生命？

答案是「否」，但可惜的是孩子們往往被考卷搗住了耳朵，聽不見身旁生命倒下時的轟然巨響。這就是這篇文章的主題：移情力。我想舉兩個例子來說明移情力對寫作的滋養。

桃園新屋保齡球館大火，造成六名警消殉職，就在我們熟睡時，六個未過而立之年的漢子走進惡火，再也沒有走出來。其中一位消防員陳鳳翔年僅二十六歲，第二個小孩才剛出生二十四天。他爲人間經歷了攝氏六百度，而他的孩子，這一生再沒有機會叫爸爸。

陳鳳翔會在媒體出現一陣子，然後，人們會忘了他。但懷他九個月，摸著肚子對他講悄悄話的母親忘不了；戴上戒指時，流著淚說「我願意」的妻子忘不了；家長會時，望著同學拉著父親大手的陳小弟也忘不了。

寫了一輩子「命題作文」的孩子，你們是否敢拿起作文紙，走到老師跟前說：「今天，我想爲自己的感動命題。」當你的口成了陳鳳翔母親的口，就有講不完的悄悄話；你的無名指也將如他的妻一般，有深深的戒痕；你的鼻也必會與他的兒相似，看到同學偉岸的父親時，必須用力抽氣才能吸回帶鹽的想念。

如果孩子們都能善用移情力寫作，將筆間帶情，無法自收。

好文章是大山大海，是「作」不出來的──文章要不辭世間土壤才能累爲大山；文章要不擇感動細流才能積成大海。而這移山造海的過程，我們稱之爲「移情」。若能發揮同理心與想像力，進入世人孟浪難息的方寸間，就能在白紙上移植千萬風情，錯落成世間山水文章。

二〇一四年深秋，雷虎特技飛官莊倍源，一個眷戀妻子的丈夫，一個寵愛兒子的父親，在飛機發生擦撞後，爲了將飛機帶離人口稠密地區，錯失彈射逃生時機，最後人機墜毀農田，捨身殉職。他爲了地上的別人的妻兒，違背人性本能，求死不求生。憾動之餘，我尋思「那一刻，他在想什麼？」於是打開電腦，用鍵盤寫下：

航線已走向誓言的最深處
肩上的梅花打算開在來年的冬天
就算明日要分屬兩條天際線
我已準備交出嗅覺、視覺和聽覺
但我還有手間握桿的觸覺
我還緊握十八歲那年肺吶吼出的歌聲
凌雲御風去，報國把志伸
所以，還不能著陸
我繼續飛翔

在電視上看到飛官的追思會，總統的背後是飛官的生前英姿和我的詩行，我突然更懂得寫作是怎麼一回事。當夜，另一雷虎飛官來電致謝：「我們整理莊上校所有照片，編成一本紀念冊送給他十歲的兒子，封面就放著你的詩，謝謝你替莊上校留下這麼美的文字。」

我當日一時語塞，現在卻很想告訴他，我沒寫這首詩，是我走入那一刻的莊上校，將他滿溢的碧血豪情流淌在我的指尖，讓橘色飛行衣化成天星，人間遂有了詩行。

11 用典力

伊卡洛斯的翅膀

我們有電影、神話、採擷不盡的時事，
只要用心統合，萬事皆典，讓文字既典雅又經典！

學生交來一篇名爲〈墜落〉的文章，緬懷一位早逝的同學：「你走了，因爲樓與樓之間跳躍嬉戲，第一次躍了過去，跳回時跌了下去，七層樓……」

「你有沒有聽過『伊卡洛斯』？」學生的文章讓我想到一樣因墜落早逝的神話人物。

「有啊，線上遊戲《伊卡洛斯Online》，很多同學在玩。」

「那你知道『伊卡洛斯』的故事嗎？」

「蛤？不就是多人線上空中戰鬥？」

「哈哈，其實『伊卡洛斯』是希臘神話中的人物，他的父親代達羅斯是很厲害的工匠，受邀爲克里特島國王建造迷宮，但國王擔心迷宮的祕密走漏，便下令將他與兒子關進高塔。於是代達羅斯造出翅膀，嘗試帶兒子飛出迷宮。他告誡兒子不要飛得太高，但不幸的，伊卡洛斯因首次飛翔太過興奮，愈飛愈高，結果太接近太陽，使翅膀上的蜜蠟熔化，墜落海洋死亡。」

「哇！好好聽的神話，很『類似』我朋友的故事。」

「拿『類似』的神話典故來引用，文章會變得很迷人，而且一些學說也會變得更有趣。」

「神話典故？學說？有哪些學說呢？」

「例如我學的教育學中有一個『比馬龍效應』，也來自希臘神話，意思指『學習者的表現會與期待値成正比』。比馬龍熱愛雕刻，花了畢生心血雕成一個完美的少女像，並視爲夢中情人。他的深情感動了愛神阿芙達，於是賦予雕像生命，石雕化爲眞人，成了比馬龍的太太。」

「哈哈！有點扯，但好有趣！」

學生雖然覺得扯，但還是接受我的建議，把同學與伊卡洛斯「類似」的部分拿來融合，形成用典後，文字變得更典雅的「互文」：「前陣子震驚全臺的八仙塵爆，讓我又想起了你。因爲傷者幾乎都是年輕學生，他們在震耳欲聾的電音中讓靈魂高飛，卻瞬間在高溫中墜落，就像希臘神話中的伊卡洛斯，拚命追高的青春，突然嘎然而止。」

進步好多，我不禁讚嘆：「好棒喔，你又多用了一個典！」

「多用了一個典？什麼典？」

「除了伊卡洛斯的神話典，你又加上了八仙塵爆的時事典。」

「哈！那麼多典，我只知道成語典。」

「呵呵！典眞的有許多類型，還有歷史典、文學典、故事典等。」

「這麼多典，我怎麼知道什麼時候用什麼典。」

「你可以學我啊，把每天生活、閱讀、觀賞電影得到的故事，依主題記錄下來。」我拿出自己的「寫作資料簿」：「你看，這個『選擇』的主題中，有自己小時候做壞事、學生倫書、電影《我們不是天使》（We're No Angels）等資料。有一天我看了電影《如果我留下》（If I Stay），有了靈感，便將所有材料結合，寫成一篇文章，最後用電影的臺詞做結尾——一生中，有時候是你造就了選擇；有時候是選擇造就了你。」

「哇！老師，寫作要這麼多材料，好累喔。」

「語言本來有input（輸入）才會有output（輸出）啊，你看古人皓首窮經才能引經據典，但我們現在有電影、文學、採擷不盡的時事與故事，只要用心依主題分類統合，便能夠擁有取之不盡的材料。」

「我好像有一點懂了，像課本中駱賓王的〈為徐敬業討武曌檄〉，依武則天荒淫無道的主題，就統合了趙飛燕、霍光、劉章、褒姒的歷史典故。」

「哈哈，你舉了很好的例子，但用典需要適度，不然像南北朝駢體文，用典過度，流於詞藻堆砌，導致內容華而不實，所以南朝鍾嶸《詩品》論詩就堅決反對用典。」

「老師，你好討厭喔，一下子鼓勵我用典，一下子又說用太多不好，我到底要不要用典？」

「哈哈，當然要用，許多學生的生活經驗太少，若能記錄日常蒐羅的文典及事典，日後寫作一定比同儕更能引經據典，以強化主題，並帶給讀者知性的喜悅。只要記得，用典允執厥中、懂得取捨，不做無謂堆砌，未來你積累的用典力必能幫你的文章用點力！」

12 名詞力

一顆稗子提心吊膽的春天

方文山在〈青花瓷〉中用「天青色等煙雨」帶出「而我在等妳」。

那日和母親到大坑爬山，下山時瞥見一位二十多歲、身材健美的年輕人，打赤膊在賣傳統的爆米香，覺得「違和感」太大了。好奇停下腳步，買了一包花生口味的米香，攀談後才知他擺攤的父親生病了，還在念大學的他利用假日幫父親擺攤。

回到家中趕快找妻女分享：「我遇見一個很帥的年輕人在賣米香。」兩個人禮貌性答覆「嗯」，仍低頭做自己的事，我的敘述顯然很無趣。

「我今天遇見一個長得像王大陸的男生在賣爆米香。」改變說法後，兩人都抬起頭來，開始詢問細節。爲什麼用「很帥的」和《我的少女時代》的王大陸描述同一個人，效果有那麼大的差別？

原來形容詞「很帥」是缺乏想像力的俗濫語詞，但名詞「王大陸」卻可提供畫面感，強烈刺激見聞者的五官。例如方文山當水電工時，仍攜帶宋詞，隨時眼識心誦，發覺宋詞之美就在於用名詞堆疊畫面感。蘇軾在〈卜算子〉中用「缺月掛疏桐」帶出「漏斷人初靜」；方文山在〈青花瓷〉中用「天青色等煙雨」帶出「而我在等妳」。

但名詞的挑選必須重「精確」，試讀馬致遠的〈天淨沙〉：「枯藤老樹昏鴉，小橋流水人家，古道西風瘦馬。」是不是比「沒生氣的植物、很吵的鳥、騎著馬吹著冷風」更能帶出斷腸人在天涯的蕭瑟感。

其實兩千多年前，物質尚不充沛，萬物等待命名，擊壤初民就有辦法託萬情於有限名物。孔夫子對《詩經》之評：「多識於鳥獸草木之名。」說出了《詩經》「先比他物，再興其詠」的偉大技巧。〈關雎〉中用「終生廝守的雎鳩」比興男子對愛情的忠貞；再用「被清清的河水帶動，左右搖擺的荇菜」比興女子綿長的思緒。

今世物質滿溢，更是我們取之不盡的良材，如果執筆仍覺萬縷情思，無一物可寄，就表示在生活中太粗心了。

近日中國有一位女詩人余秀華一夕爆紅，詩作被無數懂詩的和不懂詩的人，轉發百萬次，就是因爲她細心採集，以自身農村的草根微物書寫，試讀其詩〈我愛你〉：

巴巴地活著，每天打水，煮飯，按時吃藥
陽光好的時候就把自己放進去，像放一塊陳皮
茶葉輪換著喝：菊花，茉莉，玫瑰，檸檬
這些美好的事物彷佛把我往春天的路上帶
所以我一次次按住內心的雪
它們過於潔白過於接近春天
在乾淨的院子裡讀你的詩歌。這人間情事
恍惚如突然飛過的麻雀兒
而光陰皎潔。我不適宜肝腸寸斷
如果給你寄一本書，我不會寄給你詩歌
我要給你一本關於植物，關於莊稼的

告訴你稻子和稗子的區別
告訴你一棵稗子提心吊膽的
春天

「一次次按住內心的雪」是多麼簡單的句子；陳皮、茶葉、菊花、茉莉是多麼日常的意象，但比「一次次壓抑內心的寂寥」這樣的描述，力量要強大許多，也在讀者心中留下了「具體」重量。

所以今天起，在自己的城市或山野行走時，帶一雙多情的眼，去記住周遭萬物的名字，他們不僅正構建起我們眞實的世界，也會是日後行筆爲文時，賜給我們力量與重量的微物大神。

13 去形容詞力
魚眼睛和蚊子血

創意是一種連結，連結是一條神經網路，而路是人走出來的，常常走，我們就可以在自己的大腦中走出一條創作之路。

女孩結婚前備受呵護，但結婚後就被冷落了。曾有兩個大作家用不同文字描寫過這個概念。在《紅樓夢》第五十九回，曹雪芹透過春燕之口，提及寶玉特有的想法：

女孩兒未出嫁是顆無價之寶珠，出了嫁……竟是魚眼睛了。

而在小說《紅玫瑰與白玫瑰》裡，張愛玲寫下：

娶了紅玫瑰，久而久之，紅的變了牆上的一抹蚊子血，白的還是「床前明月光」；娶了白玫瑰，白的便是衣服上沾的一粒飯黏子，紅的卻是心口上一顆硃砂痣。

「備受呵護」的感覺，變成「寶珠、明月光、心口上一顆硃砂痣」的形象；而「被冷落」的狀態，由「魚眼睛、牆上的一抹蚊子血、衣服上沾的一粒飯黏子」來表現，都給我們更大的視覺刺激，更生猛的感受。

所以我們稱好的作家是「意象的魔術師」，讀者在讚嘆之餘也常感嘆：「這些作家大概都不是地球人，大腦構造和我不一樣，才能生出這種創意十足的描寫，唉！我就是沒有這種天分。」

事實上，這條路有捷徑，就是練習「去形容詞」。

我曾帶著寫作班的學生離開教室：「我們繞學校外牆走一圈，每一個人選擇一樣『微物』，然後回來說出它給你的感覺。」

A同學寫：「我看到人行道上被吐掉的口香糖，給我『孤單』的感覺。」B同學寫：「在風中飛舞的枯葉給我『可憐』的感覺。」

我要求他們回憶「孤單的」和「可憐的」感覺，然後用帶回來的「微物名詞」取代習慣的形容詞，所以A同學把「失戀後，我感覺很孤單」改爲「失戀後，我感覺像人行道上被吐掉的口香糖」。B同學把「上高中後，離開以前的死黨，我感覺很可憐」改爲「上高中後，離開了以前的死黨，我成了風中飛舞的枯葉」。

學生看到自己的文字「活了起來」，覺得很興奮，但我告訴他們：「不要這樣就滿足，只要再拆解『意象心智圖』，句子會再進化一次。」

「老師快說，我要從皮卡丘進化成雷丘。」A同學很迫不及待。

「好，方法很簡單，請思考口香糖『一生的變化』，然後把每個過程等同於你感情的每個階段。」於是A同學就口香糖「從甜到不甜」，以及「從口中到被吐在人行道」的歷程發想，寫下了：「失戀後，我是被妳吐掉的口香糖，失去了曾經的甜味，現在一身黑，癱在人行道上，任所有路過的鞋底踩踏。」

而B同學就葉子的顏色改變及結構破壞聯想，將句子進化爲：「上高中後，離開了以前的死黨，我成了秋風中飛舞的枯葉，失去曾經的翠綠。過往朋友的葉脈，在分手的季節中斷裂。」

「老師，好棒喔，我感覺自己的句子開始像課本的東西了耶。」B同學靦腆地說，但感覺他現在對寫作的熱情像春天枝頭的新綠，而不再是秋風中斷脈的枯葉。

「不要太得意，你們現在創意的神經網路還很脆弱，如果不多練習走一走，一陣子後就變成荒煙漫草，你就會像〈桃花源記〉的武陵人，遂迷不復得路！」

「呵呵，老師說的是，我們會常練習走『去形容詞』這條路，因為路是人走出來的呀！」

14 鏡頭力

扣緊人心的鉤環

物愈小，愈動人，就從遠景、近景，拉到特寫……

M想寫遠航事件，我覺得他可以用電影的鏡頭給讀者具體的畫面。

「蛤？老師，我是寫文章耶，又不是拍電影！」

「你看你的描寫——飛機開始失速，對準淡水河，撞進死亡，河上飄著回不了家的乘客，許多家庭破碎了——都是遠景，看起來乾乾的，若你能用上中景、近景，甚至是特寫，會更動人喔！」

「老師，我眞的聽不懂什麼景的。」

「你想一想，河上除了乘客和殘骸，還有什麼？」
「還有……還有行李！」
「比行李更小還有什麼？」
「還有……還有皮包！」
「皮包裡會有什麼？」
「會有錢！」
「除了錢，還有什麼小東西會令人傷感的？」
「傷感？家人的相片嗎？」
「對了，物愈小，愈動人，就這樣從遠景、近景，拉到特寫，明天改給我看。」

今年學校高一文創班的學生，第一次交的作品被我唸到爆，幾個從小被稱讚寫得好的學生，受不了被我一次次退件，反而是那些基礎差的不怕唸，一次次聽，一次次修改，每次聽、每次修改都是一次大躍進。一個月後，他們的功力已遠遠超越那些資優生。

不怕唸的M已修了四次，以爲寫得很好了，但我還要求他搞什麼「電影鏡頭」，幸好他夠虛心，聽進我的提示，隔天交來作品：

窗外的天空衝進來
把我壓進河底
頭上飄著皮夾中的全家福
照片中的笑聲想喚醒我
但我卻無力抬頭

哇！真的聽懂了。從窗外天空的「遠景」，到「把我壓進河底」的「中景」，到「頭上飄著皮夾」的「近景」，再拉到全家福照片的「特寫」，已經夠動人了，M竟然還能舉一反三，用前幾堂課教的「虛實轉品」，將「實體的相片」轉爲「虛的笑聲」，不僅愈轉愈細微，而且快把讀者的眼淚給轉出來了。

其實每個好的書寫者都擅長經營鏡頭。例如唐朝柳宗元的作品〈江雪〉：「千山鳥飛絕，萬徑人蹤滅。孤舟蓑笠翁，獨釣寒江雪。」就從「千山鳥飛」的

遠景，拉到「萬徑」的全景，再拉到「孤舟」的中景，最後鏡頭落在「寒江獨釣」的老翁近景，甚至是江上釣線的特寫。

鏡頭愈拉愈近，也愈能扣住讀者的心。當然體物入微的柳宗元也瞭解，最後一個鏡頭就是全文之「眼」，所以最後他釣的不是魚，是雪。冰清寒涼之雪，盡訴作者的幽憤之情。

L每次都坐在M隔壁旁聽，過幾日也交來了他改了N遍的作品。這次「皮夾子」似乎給了他靈感，他寫二〇一五年初，新屋保齡球館大火，二十六歲的消防員陳鳳翔走進火場，再沒走出來，那時他差六天就滿月的小孩還在熟睡。

熟睡——

這次爸爸沒辦法回去了（任務結束，收隊）

焦味的消防衣仍穿在身上

口袋裡的鑰匙已焦黑

鉤環卻還緊緊扣著

你熟睡時的模樣……

L的鏡頭從「焦味的消防衣」到「口袋」，再到裡頭的「鑰匙」，最後竟然小到「鑰匙的鉤環」，但那個特寫小到揪住我的心，因爲它扣住了一張小小的照片，照片裡是小孩熟睡時的模樣。

當我們知道這位未曾與父親謀面的孩子也正熟睡時，那燒焦鉤環的小鏡頭變得無限巨大，將所有人的心緊緊地扣著……

15 素材力

召喚讀者的密碼

若只有古材料，文章會有歷史的酸腐味，
還需要加上近人的材料，因為所有的創作都是時代的切片。

今年接小高一，才上一週課，教創作的因子又開始蠢蠢欲動，週五下課時順便帶一句：「週末傳一篇作文給我，寫得好的會登中學生報喔！」學生的文章一篇篇傳來，主題極爲類似，都是對以前同學的思念，其中一篇這樣寫道：

時光荏苒，國中三年有如白駒過隙，倏忽即逝。回想剛進國中的那一天，彷彿還是昨日剛發生的事情……這段回憶在歲月的侵蝕下暈染成黃，將是我最珍藏的回憶，如同醇酒愈發甘醇。

文字不錯，看得出國中時的嚴謹訓練，但局限在中學生的生命經驗，我問：

「妳認爲讀者打開報紙會想看這篇嗎？」

「嗯，應該……應該不會吧。」

「爲什麼不會？」

「我不知道耶。」

「因爲文章中只講妳，沒有引起眾生共鳴的普世主題。」

「普世主題？」

「是的，好的文章會呈現亙古不變的普世主題，那是召喚讀者的密碼。」

「我的作文中可以帶出什麼『普世主題』嗎？」

「其實妳的文字『時光荏苒、倏忽即逝、珍藏』一直在碰觸一個主題：離別，或者說人生聚散的無常。」

「是啦！是啦！是人生聚散的無常。但我寫的故事不夠嗎？」

「不夠，妳需要再加入其他的素材，來證明妳不是宇宙中唯一有此情懷的人。」

「什麼素材？去哪裡找？」

「妳可以利用網路，輸入主題相近的關鍵字，就會跑出其他人的故事和名言，例如……」我在電腦上輸入「離別名句」。

「妳看！」

這時候電腦上出現了：「蘇軾詞作共計三百四十多首，其中有將近六十首送別詞；杜甫〈贈衛八處士〉：人生不相見，動如參與商。」

「妳看，蘇軾與杜甫一生顛沛流離，加上才情過人，所以他們的離別作品特別動人，是好材料，但直接引用常失之扞格，建議分解轉化。」

學生似懂非懂，修了三次後，終於交出如下的成品：

爺爺去年參加了國小同學會，畢業七十年後再聚，許多死黨已經不在人世了。「我沒想到，畢業那天竟然是與一半同學生死離別的日子。」爺爺說得感慨，像蘇軾在九百年前寫下：「可恨相逢能幾日？」如果知道聚日無多，我們一定要利用相聚的每一刻，「醉笑陪公三萬場」。

孺子可教，這個學生眞的讀完了六十首蘇軾的送別詞，然後用祖父的經驗帶

出蘇軾寫給楊元素的兩句詞，轉化杜甫的詩句當結尾：

或許人生離散無常，今日一別就是兩條天際線，如參商不見。但若懂得採擷每次交心的笑聲當酒釀，縱使笑聲在歲月中暈黃，那色澤也如醇酒愈發甘醇，然後那位開懷大笑的好友會在每一次回憶中舉杯，醉笑陪公三萬場。

生活紛繁萬狀，所以行筆前必須懂得蒐集、分析、取捨素材，以提煉出不朽的普世情懷，然後文字就有了魂魄，會在讀者每一次閱讀中舉杯，醉笑陪公，一場又一場……

16 字彙力

請用一百場雪大端我

為何精確地表達語言是智力測驗的要點？

我們要如何學會精確表達？

我念大二時，認識來臺傳教的Noah，他正在認真學中文，我和他常交流學習語言的心得。「你們中文的『刺激』比我們英文的exciting要生動多了。」當他說出「刺激」這個字彙時，還眞的刺激到我。

「我覺得你們英文很煩，像高興這個字，英文有happy、glad、joyful、merry、gay、pleased、delighted、excited、rejoicing、thrilled、hilarious、ecstatic等二十幾個字。」

「噢，那可都不一樣，pleased是溫和的欣喜，delighted比高興程度高了一點，excited是興奮，thrilled是興奮到發抖，ecstatic是像吃了迷幻藥後的狂喜……」Noah

像老學究般分析。

「你們創造這麼多類似詞，不會搞錯嗎？」

「Never，就像你們的親戚有叔父、伯父、舅舅、姑丈、姨丈，你們不會搞錯，但我們一個uncle就搞定了。」

「好有意思，還有什麼中文字是英文沒有的？」

「太多了，像是上個月我在師大學到的『孝順』和『俠義』，我們英文根本沒有這些字。」

「眞的嗎？」我覺得太匪夷所思了。

「中文老師說『孝』這個字的形狀是子背老，但我們西方是個人主義，不認爲下一代需要背負上一代；老師還說『俠』這個字是一個人兩隻手各夾住一個壞人，要把他『處理掉』。」

「哈哈，我喜歡，這太有趣了，難怪我喜歡看武俠小說。」

「這在我們西方是不行的，美國以法立國，不容許逾越法律的『俠』，所以不會出現這個字。」

「對齁，就像我們語言學老師說過，因爲中國人的文化一直不重視科學，所以我們的邏輯logic、系統system這幾個字，甚至標點符號都是直接從英文借來的。」

「沒錯，你剛剛講到文化兩個字，語言是從文化而來。我父親曾告訴我，愛斯基摩人有上百個字彙來形容『雪』，像是剛下的雪、快融的雪、可在上面踩踏的雪、可造雪屋的雪、粒狀的雪、糖粉一般的雪、圓的雪等，但是我們美國人全都稱爲snow。」

「哇哇哇！」我的嘴巴張得好大。

「中文的文化比我們久，裡面的文化太『刺激』了，一個字可能就是一門哲學，像我脾氣不好時，就會想到『怒』是心的奴才，我才不要當奴才，所以我就騎著摩托車到烏來，馬上變成了山裡的『仙』人，呵呵，中文好好玩，你們好幸福。」

好幸福？若不是Noah，我可能會失去對身旁幸福的敏感度。於是在英文系課程最重的大二，我開始大量閱讀中文系的書籍，然後把一個個陌生的字彙抄下來，因爲我知道一個字彙就是一個文化的密碼，嫻熟或能使用一個新的字彙，就表示自己的大腦裡又構建了一條神經網絡。

這個習慣衍生到方言，像是閩南語用「緣投」來講男人的長相，竟然已進入佛家無相，直指本心的美學；而回教Islam，原是順從與和平之義！與我過去認為回教徒好戰的誤解迥異。

更「刺激」的是聽到鄉野耆老隨口吐出的智慧。

一次在友人家，他的祖父勸他未受重用時不要生氣，竟脫口而出：「玉蘭有風香三里，桂花無風十里香。」哇，客語太有深度了，我怎能不開始隨時注意別人的詞彙，好滋養寫作的深度！

寒假時到宜蘭訪友，我聽到了一個詞彙「大端」。想起四十年前，外祖父談到他在南洋當日本軍伕時的境遇：「美軍來囉，阮彰化兵一直退，啊毋擱新竹乁客人仔兵金『大端』，就是毋願退，結果齁打死好多……」這是我第一次聽到「大端」這個詞彙，讓我對客家人有了「大氣」與「端正」的聯想。

日後當有其他長者用閩粵歷史的仇恨，警惕我要提防客家人時，我總會一直想起「大端」這兩個字。

我會一直用虔敬的心去採擷各個族群亙遠綿長的語彙，讓他們厚實我的寫作，也期盼有一天，我能在人們因誤解而關係冰冷的時節，用一百種「下雪」的方式，去「伊斯蘭」彼此的文化，也因此「大端」了我們的生命。

17 字辨力

歪腰的郵筒

練習拆開常用的語詞，能幫我們在日常中見非常，在平凡中見不凡！

「你們覺得fearless、bold、daring、brave、heroic，有什麼不一樣？」在溫哥華語言學校的高級班裡，老師的發問讓同學們進入熱烈討論。

滿頭銀髮的女老師Black解釋，這些字均有「勇敢」之意，但fearless主要指危險時的無所畏懼；bold側重面對困難時的大膽一試；daring強調大膽思考後的勇敢；heroic則指知道危險與恐懼，卻不怕犧牲的勇敢。至於brave，本義是「漂亮」的意思，例如莎士比亞（Willam Shakespeare）的《暴風雨》中，米蘭達說：「啊！美麗的新世界，因爲有這些人們（O brave new world, that has such people in it.）」；英國作家赫胥黎（Aldous Leonard Huxley）的小說《美麗新世界》亦源於此，所以brave常指會帶來美麗結果的勇敢。

「哇！眞的假的？」坐在我右方的東京帝大高材生繼續用力思考。

「老師瞎掰吧！」左方的智利小老闆覺得不可思議。

至於任教英文的我，則像被打了一記右鉤拳，因爲我以前老喜歡教一堆同義詞，卻不求甚解。

「老師，英文爲何有這麼多類似詞？」下課後，我抓住老師問。

「因爲英國經歷日耳曼人入侵、法國征服，並通過殖民活動接觸世界各地，與多種民族語言接觸，所以英文詞彙從一元變爲多元，但語法從『多變化』變爲『少變化』，以利於傳播。」

「難怪英文文法簡單、字彙難，但是可以不要背那麼多字彙嗎？因爲我用簡單的單字與寄宿家庭溝通即可。」

「哈哈，那太可惜了，因爲字彙是文化的活化石，瞭解的字彙愈多，愈能活化你的大腦，會讓你更聰明，也更能理解這個世界。我在臺北學中文時，覺得看、視、見三個字意思相似，問老師有什麼不一樣？」

「有什麼不一樣？」我覺得他們都一樣。

「老師說看是look，是表面的看；視是watch，是注視；見是see，是眞正的看見。」

“I see. Miss Black. I promise I'll not overlook our languages anymore. I am going to watch them and see the essence of them.”（我瞭解了，老師，我將不再輕看你我的語言。我會好好地注視它們，以便看見它們的精華。）

這已是上世紀末的往事了，卻深刻改變我對語言的理解。當不再粗心地看待類似詞後，會發覺每個單字有它獨特的內涵，在「字辨」時更能得到前人的智慧。例如《老子》三十三章中的「死而不亡者壽」，讓人重新思考死亡的意涵，原來死不等同於亡。

「死」只是形體的終結，但是「亡」卻是一切的結束。所以我們若能在形體終結時，留下德行或作品在世間，則情愛與思想便不會結束，形而上的纏繞綿延將使我們「死而不亡」，成爲壽者。

有這種「字辨」的能力後，我很習慣對剛出社會的新鮮人說：「你貧而不窮。」對經歷挫敗的學生說：「你失而不敗。」形容無良廠商是「富而不貴」，因爲他們只擁有物質，卻缺乏高貴的精神，永遠成不了貴族。

一位文創班的學生剛考完一〇五年的學測，告訴我：「老師，我要謝謝您以

ABC
死
折
GHIJKLMNOP

前的『字辨』練習。這次作文題目以〈我看歪腰郵筒〉爲題，以『歪腰不折腰』破題，愈寫愈有心得，寫出大環境雖然對年輕人不友善，我們可能被大風吹歪腰，但卻可以堅強挺立下去，腰桿絕不折斷。」

想不到字辨能力，除了給我們智慧外，竟然可以幫助學生上考場應戰。我們眞該好好對習以爲常的詞彙深情相看，才能在日常見非常，在平凡見不凡！

18 量化力

凱瑟琳的威力

演講時，凱瑟琳請全場孩子一起從一數到三十，然後說：「瞧，由於你的努力，這三十秒無人喪生。」

這一期校刊訪問了當紅插畫家Duncan，以下是學生R的初稿文字：

Duncan的粉絲頁非常受歡迎，他和多家企業合作，曾推出Line貼圖，下載次數破紀錄……Duncan在父親驟逝後重拾畫筆，每天花許多時間練習……

我退了稿子：「麻煩給我具體的事實。」

「什麼是具體事實？」學生不甚明瞭。

「就是具體化和量化。」

「例如？」

「例如不用『多家企業』，直接把企業名字秀出來，就是具體；『許多時間』到底是多久？直接給明確的量，就是量化。」

隔天學生交來改過的稿子：

Duncan的粉絲頁按讚人數破二七〇萬，他曾和長榮航空、愛迪達、Uniqlo等企業合作，和華碩一起推出Line貼圖，創下單月下載破四百萬次紀錄……而Duncan在父親驟逝後重拾畫筆，每天花十二小時練習……

學生後來碰到我，有感而發：「老師，改過之後的文章，眞的看起來更有感覺。」

「其實這不是什麼新技巧，這只是英文作文常使用的fact。」

「fact？」

「fact就是5W及1H的細節化。5W是when時間、where地點、who人物、what事物，以及why原因，還有1H的how much多少、how long多久、how far多遠等量化的具體細節。」

「對齁，難怪我看飛盤社專訪那篇文章，老是覺得霧裡看花，每一位受訪者的名字都叫做學長或學姊，不夠具體，我是不是應該叫那篇的執編寫上受訪者的具體姓名，還有他們花過how much time練習、得過how many獎項，還有how often練習一次？」

「對！對！對！孺子可教也。」

「但老師，具體細節若寫得太有感覺，好像也會出問題。」另一位校刊社的社員F提出質疑。

「怎麼說？」

「我大哥就上了『量化』的當，他看到一個進口車的廣告『每天只要付二九九元，就開得起德國房車』，結果他買了。」

「二九九元感覺很少，眞的吸引人。」

F驚呼：「感覺很少？這就是陷阱啊！原來頭期款要三十九萬，然後連繳十年，加起來就是一四七萬，但那輛車只值一二〇萬。我大哥開那輛車，每個月的保養費、分期付款、加油錢，半個月的薪水就沒了，現在好後悔。」

「所以你知道『具體細節』的強大威力了吧？」

F猛點頭：「瞭解！我想起老師在文創營時，曾舉一個美國小女孩凱瑟琳的故事，好像也用這種技巧感動許多人。」

「是啊，小女孩凱瑟琳在二〇〇六年五歲時，在電視上看到紀錄片講述非洲的瘧疾，每年殺死八十多萬個非洲孩子，平均每三十秒鐘就有一個小孩因而死亡。從此她立志要勸募蚊帳，以減少非洲因瘧疾而死亡的兒童。她到各處演講，演講時會請全場的孩子一起從一數到三十，然後說：『瞧，由於你的努力，這三十秒無人喪生。』二〇〇七年，她六歲時，因此感動了比爾蓋茲（Bill Gates）捐款三百萬美元。」

「哇！凱瑟琳今年才十五歲，比我還小！年紀小，但為何力量那麼大？」R問。

「是量化細節的力量大啊！我懂了！我以後也要用這種有感覺的『具體細節』來表達，說不定我以後可以感動郭台銘先生捐出一千萬美金呢！」F回答。

「呵呵，別打嘴炮了，你好好學寫作再說吧！」R開心地說。

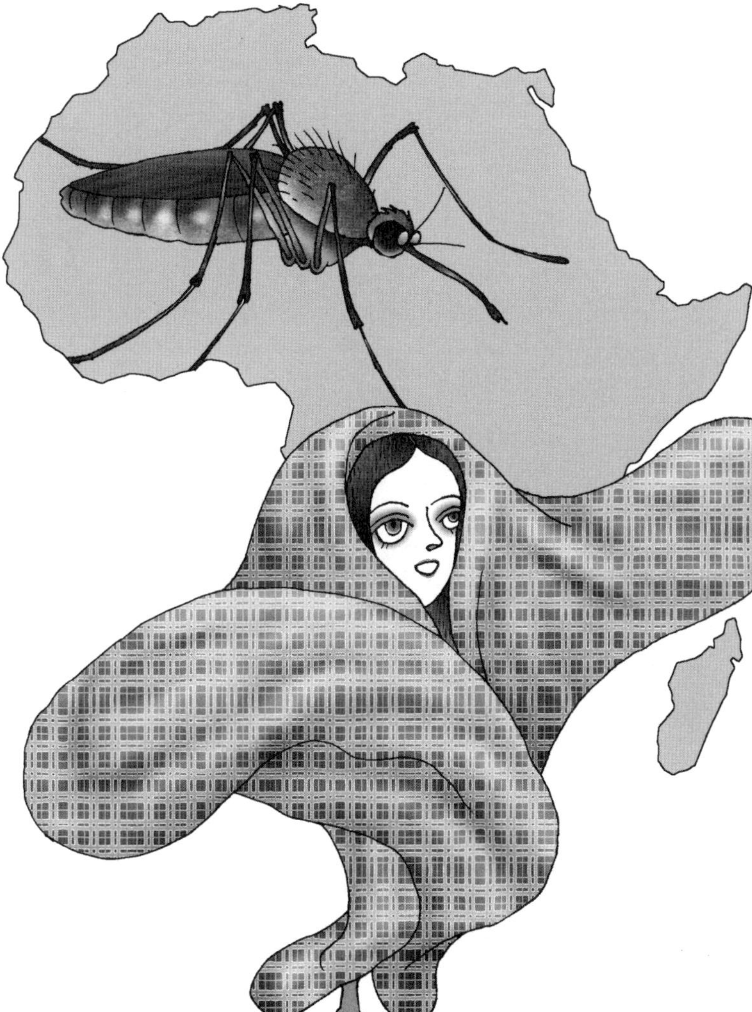

19 聯結力
月亮以每年三公分離去

「創意」是一種聯結，就是不用A講A，必須用B講A……

我們常稱寫作為「創作」，因為寫作加上「創意」後，不僅賦予寫作藝術性與美感，甚至能更有效地傳遞訊息。創意其實是一種聯結，也就是「不用A講A，必須用B講A」。

例如以下兩個拒菸廣告文字，你比較喜歡哪一個？

第一個是「抽菸有害健康」，第二個是「拒一口菸，爭一口氣」。我想大家都會喜歡第二個，因為第一句只是「用A講A」，停留在「生理層面」；而第二個「爭一口氣」，聯結了「生理層面」與「心理層面」，有意思又有趣，因此被衛生署選為拒菸廣告的標語。

創意如果聯結對了，力量非常驚人，我曾經深受震撼。

二〇一四年三月，我的身心進入極大煎熬，因爲臺灣人民正爲服貿爭議，撕裂對立。劍拔弩張的雙方都希望臺灣的明天更美好，但因方法不同，彼此的語言與肢體已有不共戴天之勢。

我想用文字拉近彼此，但知道此時除非用「非政治」的聯結，否則很難打破既有的意識形態。因此我以本行「英文教學」論說文的邏輯切入，寫下——「說服別人時，除了證明自己對，也要承認對方有對的部分，這樣邏輯才對，也才能得分！」此文吸引十幾家媒體報導，證明用B講A，會讓A更清楚。

美國小說家哈洛德（Harold Zeitz）曾說：「萬物均有聯結。」（Everything is linked.）因此，我們可以用一萬個B來講A。例如講離別，晏殊在〈清平樂〉中用動物書寫：「鴻雁在雲魚在水，惆悵此情難寄。」鄭愁予的〈賦別〉則聯想到道路：「我擺一擺手，一條寂寞的路便展向兩頭了。」

一個學生曾如此講離別：「我們就像月亮與地球／雖然我每天環繞著你／但卻一天天／離你愈來愈遠。」問他哪裡來的靈感，來自孫維新博士指出：月亮在十億年前距離地球非常近，比今天的距離近了二十二倍，所以當年的滿月是現在看到的二十二倍大，然而，月球目前以平均每年三公分的距離遠離地球。

哇，好棒的聯結！其實，我們常說新詩是「形象思維」，而形象就是物理，思維就是人情，所以大家畏懼的新詩就是「用物理講人情」。

好萊塢電影《星際效應》，編劇與導演諾蘭兄弟（Christopher Nolan & Jonathan Nolan）廣泛閱讀、勇於想像，大膽聯結天文學的「相對論」、「蟲洞」與希臘羅馬神話的農神（Saturn）、巨人神（Titans）。電影中藏有蟲洞的土星，是時間、死亡和農業新生之神，所以也用Saturn命名的土曜日（星期六），雖是一週的最後一天，也是一週新生的開始，諾蘭兄弟天馬行空地以此「情理」聯結，帶領觀眾相信眞愛不死，貫穿時空。

若缺乏紮實的閱讀與大膽的想像力，我們就沒辦法像諾蘭兄弟一樣，聯結出感動千萬人、橫掃世界票房的電影情節。衷心期待臺灣版的諾蘭兄弟出現，在廣泛閱讀與狂野想像中與無垠宇宙聯結。

20 受眾力
讓人捨不得不讀你

一開始要引起注意（attention），然後要產生興趣（interest），接著是誘發往下看的欲望（desire），最後是接受論點去行動（action）。

「你把前面的流水帳都刪了，好嗎？」

「不行啦，老師，每一個人都這樣寫，我怎麼可以不一樣？」

「就是每一個人都這樣寫，你才應該不一樣。」看學生推甄備審資料時，前面六行是父母職業、兄弟姊妹、畢業中小學介紹等，我忍不住皺眉頭：「你有沒有想過，當一個教授連看兩百篇這種與申請科系不相關的流水帳，會不會很厭煩？」

「會吧，那我該怎麼辦？」

「用『受眾思考』寫作啊！」

「受眾思考？誰是受眾？」

「就是閱聽者。例如看電影的叫觀眾、聽演講的叫聽眾、看書的叫讀者、評參賽作品的叫評審、看臉書的叫網軍。」

「老師，你講得太複雜了，我只不過寫個備審資料，和其他的受眾類型有什麼相關？」

「都是表達，當然相關！所有表達都可以應用到AIDA理論。」

「AIDA理論，和愛迪達有關係嗎？」

「別說笑了，AIDA是四個單字的字頭，指的是一開始要想辦法引起注意（attention），然後要產生興趣（interest），接著是誘發往下看的欲望（desire），最後是接受論點去行動（action），這是來自行銷學的理論。」

「老師可以舉個例子嗎？」

「金馬獎與奧斯卡頒獎典禮，你喜歡看哪一個？」

「當然是奧斯卡，因爲他們會用笑話開場，講話有重點，不會講太長，但金馬獎的頒獎人常是自說自話，讓觀眾無聊到頭上三條線。」

「笑話開場可引起『注意』與『興趣』；講重點，不講太多，就是尊重觀眾的『受眾思考』。」

「那備審要如何依照這個理論操作呢？」

「如果你要推甄行銷系，自傳第一段只寫『我的夢想是行銷臺灣』，這樣與其他流水帳的開頭產生差異化，就可以引起教授的『注意』與『興趣』。然後繼續寫你參與的社團、獲獎紀錄、小論文寫作、閱讀計畫、座右銘和生涯規劃等，全圍繞『行銷臺灣』的主題，其他不相關的雜質全部去除，這就是講重點，就是尊重教授的『受眾思考』。當教授覺得『受到尊重了』，當然較可能採取『行動』錄取你。」

「好像有點道理，但是在臉書寫東西也叫創作嗎？」

「當然也叫創作，而且是可以影響一國根本的創作。臺灣人瘋臉書的程度是全球之冠，據臉書官方在二〇一三年公布的用戶數據，臺灣每天至少有一千萬人次上臉書。去年還有素人用臉書宣傳選上中壢市議員，而藍綠兩黨使用臉書宣傳的創作能力，甚至是決定去年縣市長大選結果的重要因素之一。二〇一五年三月有一個調查，宣稱美國有七八%的老闆在雇用員工前會參考應徵者的臉書。」

「有這麼厲害嗎？」

「當然，以老師自己爲例，從三年前在臉書發文時，就考量在十倍速的年代，文章一定要在第一行就抓住讀者的眼光，所以我就使用以前寫廣告時的AIDA理論。文章的第一句就一定要引起讀者注意，我用全文最有「戲劇張力」的句子開頭，例如用「認眞，是認了才會成眞」開頭，寫我女兒因爲認識自己的局限，而後美夢成眞的故事，最後吸引一萬多人按讚，也吸引出版社注意，幫我出了生命中的第一本書。

而在〈一個野百合父親寫給立法院女兒的一封信〉文中，我用西方論說文評分理論——除了證明自己對之外，也要承認另一方也有對的部分——來逼讀者思考，結果吸引超過十萬人按讚，七家電視臺報導，也成了我第二本書的書名。」

「老師，這離聯考有點遠，作文課也好像不強調這些耶。」

「作文課的訓練主要是爲了幫助同學聯考，但若能將這些能力轉化成一生帶著走的能力，往後不是事半功倍嗎？」

「嗯嗯……」同學似乎還有疑惑，可能覺得我講的東西「離課堂很遙遠」，但課堂是一時，職場是一世。工研院簡報實驗室創辦人孫治華曾說：任何人只要願意用「讀者看得下去」的語言去寫作，連續在臉書上分享自己的專業三個月，他不成功也很難。

在許多學生抱怨世界不聽他們的聲音時，我好想告訴他們，當我們使用「受眾思考、表達後，世界才會將他們的耳朵與眼睛轉向我們，我們才有可能成爲這個世界最敏銳的耳朵與看得最遠的眼睛。

21 隱藏力
雲中的憂傷

愈是難以形容的，愈是說不清楚的，
愈需要藏在一個固定的「形象」中，讓「形象」帶出無限想像。

看戲時，當男主角命危，你喜歡看女主角呼天搶地、涕泗縱橫，還是一顆晶淚隱忍不落？我想大部分的人喜歡看到後者，因爲未墜之淚如未發之箭，滿弓之力最是扣人。

劉勰在《文心雕龍》提到「隱之爲體，義主文外」，這「隱」的概念，指出藝術是一種隱藏。當人類情之所至，便將滿溢的情思隱藏在音樂、舞蹈、繪畫或文字中，因此藝術誕生了。而隱藏技巧好的藝術，達到「樂而不淫，哀而不傷」之境，便成爲經典。例如，三十歲的王安石將對朝廷的憂讒藏在一朵雲中。

那年，他任鄞縣知縣，青苗試驗已有所成，登飛來峰，頓生凌雲之志，寫下：「不畏浮雲遮望眼，自緣身在最高層。」但年齡不同，藏在雲中的心思亦不同。像中歲好道的王維在終南山陲寫下：「行到水窮處，坐看雲起時。」這朵雲多了對人生的豁達，此後經年，所有行到水窮的生命都可以在共看這朵雲時，得到靈魂的療癒。

人們常說「紙短情長」或「筆墨難以形容」，但事實上，愈是難以形容的，愈是說不清楚的，愈需要藏在一個固定的「形象」中，讓「形象」帶出無限想像。

海明威曾提出冰山理論，把創作比作海洋上的冰山，他說：「冰山之雄偉壯觀，是因爲它只有八分之一在水面上。」將情思藏在露出的「形象」後，這個「形象」會像冰山一角，讓讀者聯想到水面下巨大的存在。

例如在學校習作時，親人的傷逝是學生常處理的主題，我常讀到這樣的句子：「祖母去世時，我非常難過，我無法承受她不在的日子。」但是有一位學生用「凹痕」隱藏對祖母的無限思念：「椅墊上的凹痕證明妳離開不久，但一個月不見妳，我心中的凹痕卻愈陷愈深。」

另外大考中心公布的一〇二年度指考範文，作者以「遠方」來隱藏祖母的往生處：「阿嬤心跳的折線由上帝撫平後，她到達了遠方……我只知道，在此時此刻盡全力活著，在那天來臨時，我才能攜帶著更多永恆，在遠方和我愛的人分享。」

兩位同學均未直接提到「死亡」、「難過」等尋常字眼，但我們都清晰感受到那「水面下的冰山」，都知道「愈陷愈深的凹痕」是思念；「遠方」即是死亡，也是重逢。

好的寫作者大多精通「隱藏」的技巧，如果能多練習，將青春的多情藏於萬物，慢慢找出最精確的藏法，你可能就是下一個散文名家或大詩人呢！

22 閒散力

侯孝賢的散文——聶隱娘

把《聶隱娘》當「散文」看，不要再把電影當故事線清楚的「小說」。

「什麼，結束了？在演什麼？」離開電影院，觀眾的抱怨聲此起彼落，連女兒也提出抗議。對觀眾的反應，我不感到驚訝，因爲對多數人而言，電影一直是一種娛樂，是一種情緒的出口，但對侯孝賢而言，電影是一種藝術，是一個美學的入口。

回家後我上網查了歷史資料，對女兒說：「把《聶隱娘》當『散文』看，不要再把電影當故事線清楚的『小說』看，或許妳更能進入這部電影。」

「散文？那是電影耶！故事怎麼可以說得不清楚？」

「散文也有故事，但由分散的故事組成，然後用相同的主題收束在一起。妳認爲這一部電影的主題是什麼？」

「爸，我連故事情節都搞不懂，怎麼知道主題是什麼？」

「《聶隱娘》改編自唐代的傳奇小說，但不同於原著的神怪虛構。原著中聶隱娘欲刺殺一大官時，「見前人戲弄一兒，可愛，未忍便下手。」但最後仍「攜匕首入室……持得其首而歸」，然而電影中，聶隱娘最後未殺大官，也未殺魏博藩主田季安，因爲聶隱娘怕殺了田季安後，十歲幼主即位，天下必亂，將導致生靈塗炭，所以『探討人之惻隱之心』是本片的最大主題。」

「對齁，電影裡斷裂的故事線、超美的畫面，還有充滿蟲鳴鳥叫的自然音響，好像都和這個主題有點關係。」

「是啊，侯導演還加了一個原著中沒有的情節進來，他創造了田季安生母嘉誠公主的雙胞胎——嘉信公主。虎毒不食子，嘉誠公主不可能殺自己的孩子，但嘉信公主卻當道姑，訓練聶隱娘刺殺田季安。這『殺或不殺』孿生的糾結，是電影『散』出來的結構，去呼應本片『探討人心惻隱』的主題。」

「爸，你這樣說，我好像愈來愈懂了，你說過散文就是寫人生的抉擇，要呈現對比才像眞實人生——到底要放棄或堅持？打仗或和平？要殺還是不殺？」

「沒錯，所以電影中不斷出現鏡子的意象來對比，像是嘉誠公主詠『青鸞舞鏡』，聶隱娘嫁給『磨鏡少年』。鏡子是內省的象徵，若只看見自己的表象，見到鏡子以為看見同伴，會興奮而狂舞致死；若能時時磨明鏡，就能看見自己天真的微笑。片中聶隱娘唯一的笑臉，是發生在磨鏡少年磨完銅鏡之後。」

「爸，你講的象徵，我聽起來有一點玄，不是很懂，但你說的『散』的結構，有一點像我以前國文老師說的，講一個主題，最好是自己例子說一個，今人的例子舉一個，然後古人的例子再加一個，散成三角，三足鼎立，就能穩穩地支撐主題。」

「呵呵，妳講得差不多了，總之，散文本來就是散步的語言，要徐徐地走，靜靜地逛，不要太用力跑，才能體會閒散之趣，然後生命的美感就會像片末長鏡頭裡的山巔之雲，慢慢、慢慢地擴散開來……」

※關於召喚結構理論

接受美學的創始人沃爾夫岡・伊瑟爾（Wolfgang Iser），提出文本的「召喚結構」理論。他認為作者在停筆當下，文字只能稱「文本」，而「文本」必須擁有

「空白」、「空缺」、「否定」三要素，構成「召喚結構」，召喚讀者的眼睛，在閱讀中填補「空白」（或美學間隙），爾後，「文本」才會成爲「作品」。

很明顯的，侯導的留白比較多，也留下了很大的美學間隙。每一個人走入電影院，等待被召喚。有人醒著，用自己的審美觀去填補間隙；有人「否定」間隙（或被間隙「否定」），因爲聽不到「文本」的召喚，睡著了。

但，那都OK，就像偏重主觀意識的現象學大師末里茨．蓋格（Moriz Geiger），認爲審美享受的特定標誌不是透過演繹和歸納得來的，而是在直覺得到的，若得不到直覺的「觀照」，好好睡一覺也可以。

對不起，這樣太學術的論述，大概讓很多人讀到這裡也哈欠連連了。所以身爲一個中學教師，我一直不敢用學院的語言來「嚇學生」，我必須不斷簡化、類比，找尋工具搭鷹架。就像提出近側發展區理論的利維．維谷斯基，說教學者是在搭鷹架，減少學生外延的自由度，在學生先蓋出高度後，就可以撤離鷹架。

但是這鷹架可能是醜陋的、臨時性的、很不學術性的。

對於這篇文章，在我撤離鷹架前，請容許我說個小故事。

大四那年，我強迫自己看了幾百部一般人不忍卒睹的「藝術電影」，K了一些電影書，自得之餘，寫了一堆賣弄學術名詞的影評，然後拿一篇研究侯導的評論去參賽，不小心拿了某大報的首獎，而頒獎人剛好是侯導，我問他：「請問你希望別人怎麼看你的電影？」侯導回答：「我希望別人看我的電影時，可以知道那個年代的人是怎麼活的。」（用這個觀點看《聶隱娘》會更親近一些。）

侯導講了很多，談到在底片不足的情況下，只好一鏡到底，變成類似小津安二郎的長鏡頭，也說：「我不管別人怎麼說我的電影像誰，侯孝賢只有一個。」其實，藝術的主觀，常常會產生負面的語言，像侯孝賢批評李安為服務奧斯卡，拍的是美式商業作品；喜歡簡潔的海明威批評福克納（William Cuthbert Faulkner）的文字又臭又長。但不容否認，這些大師的作品都像是文學暗夜中的巨象，不同的人摸到不同的部位，所以有不同的表述。

我害怕的是，年輕學子受不了暗夜，不願意等待黎明之後的喜悅，所以我摸黑搭起陋簡的鷹架，試圖幫學生蓋幾間樓。而這鷹架，烏魯了點，或木齊了些，見笑了。

23 壓縮力

散文的南柯一夢

短暫的真實時間，夾住亙長的戲劇時間，壓縮出的，是生命的張力……

「老師，我發覺你的散文有公式！」學生利用週末K完我的書後，星期一中午一臉笑意踱進我的辦公室。

「公式？妳指的是哪一方面的公式？」

「說對了，文創課就幫我加分！」

「好，說中了就加分。」其實每一位寫作者都有他習慣的寫法。

「時間的安排。老師，你第一段和最後一段的時間區隔很短，然後中間的故事時間卻很長。」

「厲害，妳舉出一篇當例子看看。」

「例如你有一篇〈帶刀少年：二尺小武士〉。文章一開頭，在籃球場有五個年輕人突然向你走來，你認出其中一人，過去和老師發生過衝突，一時有不祥的預感。這樣開頭，讓人讀了會跟著緊張。」

「對！對！這就是我的目的，加分！」

「耶！太棒了！然後你開始敘述你們之間的師生衝突。你曾沒收他二尺長的武士刀，禁止他去尋仇，然後在他即將畢業前，又發生火爆的對話，讓我邊看邊想，你這個學生哪天會不會帶他的朋友去揍你？」

「呵呵，對！這是我的企圖，讓讀者不自覺走入情節，想一直看下去。」

「對啊！所以在最後一段，他走向你，手搭著你的肩，說出『老師，謝謝你』時，讓我鬆了一口氣。我很喜歡這樣的寫法，我要學。」

「我稱它叫『三明治時間壓縮法』，那兩片麵包是『眞實時間』，只有他走過來，以及和我交談的時間，不過幾分鐘。而中間夾的餡是『戲劇時間』，從他十七歲時我當他的導師，到他念完大學，又當完兵，中間有七年之長。這是一種倒敘或間敘法，但是在末段『第二片麵包』中，情節又會向前開展，很多好萊塢電影都這樣安排。」

「用幾分鐘壓縮七年，難怪讀起來很緊湊。我很喜歡在『第二片麵包』中，你們打球、談心、讓山風吹乾汗水，最後學生望著夕陽對你說：『只有過不去的心情，沒有過不去的事。』哇！讀起來超浪漫的，感覺像是經歷了一場夢境。」

「眞的，這種時間壓縮法會讓讀者有『人生如夢』的感慨。在唐代傳奇《太平廣記》的〈南柯太守傳〉中，東平人淳于棼生日那天喝得爛醉，醉後夢到大槐安國。夢裡二十年，與公主結親，官任南柯太守，享盡榮華富貴，並育有五子二女。但公主不幸病故後，他從此失去寵信，返回家中，只看見自己睡在門廊下，驚醒時，那天的夕陽還照在牆上。」

「照老師的比喻，〈南柯太守傳〉中，那兩片麵包的『眞實時間』不過幾個小時；而中間夾的『戲劇時間』卻有二十年，哇！眞的是人生如夢。」

「是啊！和我那篇文章一樣，〈南柯太守傳〉的『第二片麵包』亦有故事開展。淳于棼醒來後，把夢境告訴家人，然後大家一齊到大槐樹下，果然掘出螞蟻大穴，就是夢中的南柯郡與槐安國。」

「太帥了，我喜歡這種『時間三明治』。」學生很興奮：「嘿嘿，這下子我不僅加分了，又學會一種讀者喜歡『吃』的寫法了！」

24 減除力

斷臂的維納斯

沒有雙臂的視覺干擾後，維納斯挺直的鼻梁、平坦的前額、豐滿的下巴，還有身體的蛇形曲線，就和諧地成為我們視覺的焦點……

「這一段都砍掉吧！妳文章的主題是因爲聯考壓力而放棄學琴，但這一段都講學畫，不相關喔！」

「怎會不相關？我因爲聯考也放棄學畫啊！」

「可以寫一行，但不能長到七百字，妳忘了下的標題？」

「〈斷弦記〉。對齁，用鋼琴的琴弦命題。」

「不要捨不得砍掉那一段，因爲維納斯就是斷臂後，才變得更美。」

「維納斯斷臂？」

我打開電腦給學生看「米羅的維納斯」（VenusdeMilo），這座高達兩百零二公分的美麗雕像，與希臘的「勝利女神像」、達文西（Leonardo da Vinci）的「蒙娜麗莎的微笑」號稱羅浮宮「三寶」。

「老師，維納斯雕像是當初就沒有雙臂，還是後來斷掉的？」

「不知道耶！相傳有人看過維納斯完整雕像，她的右臂下垂，左臂握著一顆蘋果，但都無法證實。事實上很多人試著用電腦幫她裝上雙臂，卻發現反而不如斷臂的迷人。」我打開電腦裡雙臂的維納斯雕像。

「好奇怪，眞的耶，沒有任何一座比斷臂的維納斯還漂亮。」

「不奇怪！妳看，沒有雙臂的視覺干擾後，維納斯挺直的鼻梁、平坦的前額、豐滿的下巴，還有身體的蛇形曲線，就和諧地成爲我們視覺的焦點。」

「好像有點道理，所以寫文章也要用減法才有焦點！」

「沒錯，如同作家石德華所言，散文是可以加減乘除的。」

「加減乘除？寫文章和數學相關？」

「絕對相關，寫文章要加重點、減雜質、意象相乘，還要被主題整除。」

「我懂加減了，所以我的〈斷弦記〉要加上我學琴與棄琴的過程，減掉過多學畫描寫的雜質，但我還是搞不懂乘法與除法。」

「妳不是寫到離開音樂後，每天生活只剩讀書、考試和補習，覺得活得像個沒有感情的機器人，這『斷情』與『斷琴』的意象相乘，不是很有意思嗎？」

「對啊！國文老師說《紅樓夢》中林黛玉對賈寶玉彈琴，其實是對他談情。」

「沒錯，這種意與象的虛實互換、陰陽相生，讓文字相乘為「互文」，是散文最難，也最好看的地方。」

「那老師可以將除法講得更清楚一點嗎？」

「呵呵，還是我剛剛講的『被主題整除』，但記得，一篇文章講一個主題就好，才會不枝不蔓。我曾看見自己的舊文被網站推廣，點閱一看，發現太貪心，說太多重點，到後面就看不下去了！所以現在我寫完文章，一定會加減乘除一番，找到『黃金比例』。像斷臂維納斯，符合黃金分割的人體美比例一：一・六一八，就是人體分為上下兩個部分，其分界點在肚臍，由於這個比例接近於五比八，所以好看的人是八頭身。」

「喔，好玄！我先試試散文的『加減乘除』再說，看能不能在我的〈斷弦記〉裡找到『黃金比例』！」

25 節制力

站起來的陀螺——史迪爾小姐

節制，才有空間出拳；留白，才能無限填補。

「妳以後就叫史迪爾小姐，有夢就去做，開始爲自己寫吧！」

「好，老師，你說你能看到我夢想成眞的樣子，我試試看。」

眼前的二十二歲女孩，秀氣白淨，卻還在念高一，因爲她得了一種奇怪的病——史迪爾氏症（Still's disease），這種五十萬分之一罹患率的罕見疾病，讓女孩歷經三次高中新生訓練，卻因爲免疫力太差，永遠「集不滿」法定的上課時數，所以永遠升不上高二。

女孩讀了我的前兩本書，發覺我的青春和她一樣慘澹，卻靠著熱情和寫作走出一條路。所以二〇一五年四月的一個週末午後，她鼓起勇氣來找我，想一起叩問世界：困在病籠十載的她，是否還有在籠外做夢的可能。

過去從事廣告的經驗告訴我，女孩是廣告人最想做的「品牌英雄」，因爲她有故事、有態度，加上自學力強，只要加上好的文字力，未來可以成爲臺灣「罕病照護」與「自學方案」的代言人。

她必須常常臥病在床，可能一輩子念不完高中，但眼前她的眼神像四月的春陽，溫度足以啓動花開的聲音。

於是，我答應當她的寫作老師。

過幾天，女孩的文章一篇篇寄來，滿滿的情緒、吶喊與控訴，都是符合學校標準，而且可以打高分的作文，但匠氣不成藝，失去動人氣韻，於是我給了她一些意見：

一篇好文章要用故事帶情，用事實講理，用象徵留白，就是作者要「節制」自己給的比例，要給讀者把作者沒給的空白「塡補」起來的空間。我們可以試著思考，兩個思母的鏡頭：一是兒子對母親照片崩潰痛哭，二是兒子拿著手帕，對母親的照片擦了又擦，哪一個來得動人？就像梁實秋強調的：「在創作中情感不能『決潰』，不能無限度地發洩，不然便流俗爲『病態』的『傷感主義』，因爲偉大的文學力量，不藏在情感裡面，而是藏在制裁情感的理性裡面。

女孩很棒，不斷審度自己的文章，漸漸掌握了「節制」的力量，例如會用另一位「史迪爾戰友」往生的故事，讓我們瞭解對抗這種疾病的驚險；她還用「一位永遠考不好的同窗，趴在她肩上哭泣」的事實，逼我們思考現行教育的缺陷。女孩節制了文字表面的吶喊，卻擴大了讀者自行填補的情緒與理解。

「部落格開張吧，妳會被看見的！」七月底，我覺得她可以拿到學分了，雖然我們的教與學大部分在網路進行。

然後，部落格開張第一天，就湧入一千七百多位紛絲，第二天就有兩家出版社找女孩簽約。我們一起看見了夢想成眞的樣子——比預期快得多。

在部落格第四篇發文中，史迪爾小姐嫻熟地使用象徵留白，她用三島由紀夫的「陀螺」象徵來「節制」自己的說理——「我覺得少年就像一只陀螺，剛開始轉動的時候，很不容易穩住重心，就這麼歪著陀身，不曉得要滾向何方去。總之先轉了再說，隨著轉動，陀螺就能逐漸站立起來。」

這個象徵也啓動每位讀者，用自己的生命經驗去塡補出「不受節制」的結

論。當閱讀史迪爾小姐歪歪斜斜的一生時，每位讀者也會覺得自己是那顆陀螺，只要動起來，節制偏斜出去的力量，慢慢找到重心，然後隨著轉動，每一個陀螺都能逐漸站立起來！

26 節奏力

你聽得到文字的呼吸聲嗎？

仔細聽，每個字都能吐納，每個句子也都有它的速度。當大家願意張開耳朵時，我們的文字就成了世界的心跳！

文字會呼吸嗎？來，實驗一下，試讀下列兩段句子，看看哪一段能給你較順暢的呼吸，先唸唸第一段：

> 在寒冷的黑夜我打開FB，發覺至少有十五個以前的學生還瑟坐在中山南路的街頭，連才上大一的妳也二次回到立院，頭上綁上頭巾，穿著薄薄的春衣，用自己的熱血抵抗寒流。

再試試第二段：

寒夜打開FB，發覺至少有十五個以前的學生，還瑟坐在中山南路的街頭。連才上大一的妳，也二次回到立院，頭縛方巾，春衫薄衣，熱血抗寒。

這是我二〇一四年三月寫的句子，可以發現兩段都承載相同的訊息，但第二段卻更爲簡潔、易讀、有節奏。讓人不禁想探究，究竟是哪些元素造成的歧異？

首先是「標點的使用」。余光中說：「英文用標點是爲文法，中文用標點是爲文氣。」例如莎士比亞的名言：To mourn a mischief that is past and gone is the next way to draw new mischief on.可以如原文不加逗點，翻譯爲「爲了一去不復返的災禍而悲傷將會導致新的災禍」；但若加上逗點則成爲「爲了一去不復返的災禍而悲傷，將會導致新的災禍」。讀來是不是較無「窒息感」？呵呵，沒錯，所謂「中文的文氣」就是呼吸。

余光中在《變通的藝術》中說：「中文加逗號就是爲了『喘氣』。」其實中文只要超過十五字，就最好加標點，否則讀者的「英雄氣短」碰到作者的「兒女情長」，會是災難一場。

第二個元素是「長短句的節奏控制」。華文經過千年實驗，發現獨特的節奏感。例如平仄鏗鏘的四字句，累積成龐大優美的成語文化；還有上二下三的五字絕句、形成駢文主幹的六字文、上四下三或上三下四的七律，或是宋詞〈賀新郎〉之八字句、〈虞美人〉的九字句。

寫散文時，善用中文字數的獨特音樂性，就像創作一曲磅礡動人的交響樂。鋪陳時用長句，結論時用短句，就可以寫出參差、錯落多變、抑揚抗墜的美文。

記得以前向詩人學詩時，他不斷強調：「音樂性是詩的王道。」當下覺得虛無飄渺。但他補充「記得用長短句控制節奏」後，我似乎有了點體悟。此後經營散文時，我開始善用「標點」當「節奏控制器」，並開始實驗中文長短的獨特性。現在發覺自己的文字雖未登大雅，卻易讀多了，就算把千字文放在重視速度感的臉書上，亦能招徠讀者慧眼。

下次行筆爲文時，別忘了聽聽文字的呼吸。仔細聽，每個字都能吐納，每個句子也都有它的速度。微調重整，等到節奏對了，文字會唱歌也會跳舞。當大家願意張開耳朵時，我們的文字就成了世界的心跳！

27 邏輯力

讓美感充滿力量

質勝文則野，文勝質則史，文質彬彬，然後君子。

《論語・雍也》

「我們的教育始終是雙面人……在一場題爲〈眞實〉的比賽中，教師最後選擇的是下足了裝飾功夫的文章，做爲第一名。」

上面這段話摘自《天下雜誌》讀者投書〈雙面的教育殺死了白老鼠〉一文，作者是一位第一志願的高一女生，她點出了今日學生作文「文勝乎質」的現象。

曾有學生拿一篇高分作文給我批閱，我看完後不禁皺眉，委婉告訴她：「抱歉，這一篇作品文勝乎質，無法感動人。」試讀她文章的第一段：

中國古有明訓「善孝爲先」，孔子亦云：「孝，德之本也。」證嚴法師亦有教誨：「世上有兩件事不能等：一是孝順，二是行善。」人異於禽獸，但羊有跪乳之恩，烏鴉有反哺之義，所以我們豈可不孝順。

這篇文章累積不少名言佳句的「結論」，卻缺乏支持論點的「實例」，所以我請她加一些例子在這些結論前，幾天後她加上了這一段：

國內最大餐飲集團王品董事長戴勝益在決定店長人選時，不以學歷爲唯一考量，他會先拜訪員工的家庭，看看他孝不孝順。「因爲孝順的人心地比較柔軟，才有可能用柔軟的心對待客人。」戴勝益說。

修改前的文章「文飾」過多，加上「實質」的例子後，說理有了邏輯，文章保留了美感，卻多了力量。這就是孔子講的「文質彬彬」，有先秦散文精神的君子文。

其實作文的全稱應該是「散文習作」，散文爲中國主流文類，先秦散文中，文、史、哲不分，學術性與藝術性並重，如《戰國策》重視合縱連橫，邏輯性很強。然而在西方，散文卻不屬詩、戲劇、小說等三大文類，慣有的散文（essay）作品重視論理與分析，故essay有時也被翻譯爲論文。

西方散文建立在實證主義上，重視事實與科學的邏輯佐證，所以第一句主題句就是「結論」，然後第二段是「事實與科學的佐證」（supporting material），第三段則常以「然而」However開始，就是對自己論點的攻防批判，這是批判性思考的邏輯。

但南北朝的駢文耽溺於文飾，重文輕道，終於導致唐宋的古文復興運動。唐代古文家的古文理論是「文者，貫道之器」，這貫道就是邏輯。然而今日作文教育重視形、音等小學及技巧，常常忽略思考與邏輯。連「聯招會」發布的許多範文都是東扯一點、西扯一點、堆疊一些人名、論點無根的飄散美文。這種文章是駢文還魂，缺乏觀點（insight）、缺乏讓人信服的感動。

散文重實，不求眞誠是騙不了人的，散文習作更是爲了要訓練下一代學會蒐集事實、分析資料、整理資訊，最後運用邏輯整理成一篇可以說服人、可有效溝通的文章。

若作文學習者捨本逐末，仍注重沒有邏輯的奇技淫巧，溝通一定會發生問題，最後變成只會批判、亂扣帽子卻不會思考的國民。這種國民是搞不懂民主與民粹邏輯的「雙面人」，最後製造溝通不良、施政動輒得咎、停滯不前的臺灣現況。

或許作文課需要再一次的古文復興，讓我們在耽溺美文傳統之餘，也學會思考、重視實證、搞懂邏輯，然後才能寫出一篇篇文質彬彬的君子文！

28 迂迴力

爬樹的魚

在傷口前，我們會迂繞低迴，
決定用不忍來莊重我們的語言，也讓語言莊重了我們。

一位女學生喜孜孜回校找我，分享男朋友求婚的創意：「我新落成的廚房很寂寞，想要找一位瞭解它的女主人，每天給它溫度，烹調出世界上最幸福的味道，我覺得妳好適合。」

「哈哈，好迂迴啊！妳怎麼回答？」

「哈哈，不明講，但很浪漫，我一時心動，就說OK囉！」

語言來自文化，文化愈有深度，語言也愈迂迴。

例如臺灣現在慢慢用「特殊」來取代慣用的「身障」或「精障」；而英文也

從retarded（智障）、disabled（失能），進化到今日常用的physically challenged（身體挑戰者）與mentally challenged（心智挑戰者）。不直講殘障，而提高爲「迎向挑戰的勇者」，挑戰者是多美的意象，充滿了身爲同類的不捨與不願碰觸對方傷口的深情厚意。

在每個時代的傷口前，我們也會迂繞低迴，用不忍來莊重我們的語言，也讓語言莊重了我們。於是，我們有了文學。

是的，文學是一種迂迴。

我們試讀下列兩個段落，看看哪一段有迂迴之美？第一段是學生第一次交來的作品：

坐在我後面的男生，體育難不倒他，女生愛慕，男生更是羨慕啊。也因爲這樣的原因，讓自視平凡的我，對他十分心動。

再看學生理解意象系統後的修改版：

> 坐在我後面的男生是一個羽球高手。羽球在他手中像千變萬化的小鳥，旁觀的女孩一顆心就化作那隻飛行的小鳥，上上下下。而我，也是飛翔的小鳥之一。

從「對他十分心動」到「我也是飛翔的小鳥之一」，讀者有沒有發現，明明是講同一種愛戀，第二種講法因爲較迂迴，多了含蓄之美，也更貼切地表達如詩如夢的少女情懷。而這種迂迴產生的美感，有賴構建「意象系統」。

想當然耳，建構意象系統的第一步就是建立「意」與「象」的等同關係；第二步就是讓「象」去「衍生象」，因而「衍生更多意」。

例如我曾讀到愛因斯坦（Albert Einstein）談論多元智慧的一句話：「每個人都是天才，但如果用爬樹的能力來斷定一條魚，魚一生都會相信自己是愚蠢的。」這句話中，樹中魚就代表「念錯科系或入錯行的人」。因此當我以這個意象來鼓勵學生時，就從魚這個象衍生出「魚鰭」（代表魚的天賦），再衍生出「河流」（代表魚該選擇的場域），自然地寫出以下文字：

> 在涵育百川的大地上，還有許多新生代，搞不清楚自己肩上長出的是翅膀還

是鰭？但希望長有強壯背鰭的「異類」，不要再去爬樹，開始勇敢游進自己那條河，用自己的鰭去界定世界的疆域吧！

這篇文一發表出後，馬上被兩家報刊分享，有位讀者在文後留言：「我就是那隻樹上的魚，還不敢朝自己的河裡跳，因爲父母說那條河會撞山。」我如是回應他：

生命之河本來就不是一條直線，遇到山，要迂迂迴迴，然後，繞了過去，最美的大海就在眼前！所以跳吧，你會發現生命的迂迴之美！

29 矛盾力

憂傷帶來快樂

這個世界上沒有不含痛楚的快感。

「我非常不喜歡父親的矛盾，他明明喜歡狗，卻不允許我們在家中養狗；他明明很想創業，卻死守一個公務員的工作；他明明很喜歡像以前一樣，和我聊天說地，現在卻沒聊幾句就趕我進房間念書。唉，我父親眞是矛盾。」一位女同學在文章中描寫她的父親，很明顯，她不瞭解「矛盾」就是人生。

「妳週末去看看《腦筋急轉彎》（Inside Out）好不好？看完後，妳可能會寫出不一樣的東西。」

學生看了電影，週一來學校就到辦公室找我：「老師，電影很感人，害我哭得很慘，但我不是很瞭解找到憂憂才能找到快樂的邏輯。」

《腦筋急轉彎》是皮克斯在二〇一五年發行的動畫電影。主角萊莉因爲父親尋找新工作，舉家搬遷至舊金山，但萊莉無法適應新環境，頻頻與父母發生衝突，此時萊莉腦中的樂樂（Joy）與憂憂（Sadness）在記憶迷宮中迷路，萊莉的大腦總部只能由怒怒（Anger）、厭厭（Disgust）以及驚驚（Fear）主導，導致萊莉變得憤世嫉俗。最後樂樂發現萊莉最大的快樂記憶是發生在一次憂傷之後，也就是說，如果無法找到憂憂，萊莉永遠無法恢復快樂。

「憂傷帶來快樂，聽起來矛盾，但那是人生的眞相。」我這個老頭子開始倚老賣老：「人生本是悲歡交集，就像在憂慮中K書後，才能得到好成績的歡樂；渾身傷痛後，才有登上高峰的激情，這個世界上沒有不含痛楚的快感。」

「老師，你讓我想到『痛快』，這個名詞好矛盾。」

「其實眞正矛盾的是人，例如人的優點往往也是他的缺點；而他的缺點有時會成爲他的優點。」

「怎麼講？」

「就像我的一個朋友最近離婚了，她是一個嚴肅的人，結婚前愛上大而化之的他，她說和他在一起好輕鬆、好快樂，但結婚後卻覺得他的大而化之是『隨便』，因爲他總是把家裡搞得亂七八糟。」

「有道理，昨天我看一部TED影片，就提到樂觀的人雖然較容易成功，但容易大起大落；但悲觀的人較不容易犯錯，所以平均比較長壽。」

「對啊，所以這個世界上沒有十全十美的人，每一個人都是矛盾的。就像皮克斯的另外一部動畫片《天外奇蹟》，講的就是這個矛盾。片中女主角艾莉一心想要冒險，卻屈服於經濟的現實，一次次放棄夢想；而死板的男主角卡爾老了之後，先是一再拒絕八歲童軍男孩羅素，最後終於回到新婚時喜歡小孩的初衷，和羅素完成了抵達仙境瀑布的壯舉，實現了艾莉浪漫的遺願。」

「老師，好像戲劇中迷人的角色都很『矛盾』。」

「是啊，像《紅樓夢》中的林黛玉，既嬌柔又剛烈；《怪醫黑傑克》中的怪醫，既貪財又有正義感。還有，妳父親不也是很矛盾嗎？妳父親愛狗，可能爲了少花錢而不敢養；可能爲了穩定的家庭經濟基礎，甘願當公務員；也可能很喜歡和女兒聊天，卻怕聊太久會占據妳讀書、睡覺的時間。妳父親的角色很『矛盾』，但不迷人嗎？」

學生的眼角有點溼潤，說：「老師，我大概知道怎麼重寫我的父親了。」

很高興學生透過創作，「得人之情，哀矜勿喜」。更期許她能因爲文學的善解，知道人生可以選擇在矛與盾的對抗中，抵銷生命的能量，也可以選擇讓矛與盾同向共力，因此將有沛然莫之能禦的力量，大到可以拉起《天外奇蹟》中的氣球，一起慢慢高飛，不斷上升再上升……

30 誇飾力

龍族的戰場

李白的頭髮怎可能有十八座臺北101加起來的長度？誇張！但李白的離愁卻因此詩幽遠綿長，一千多年後還密藏在我們的心房與髮間……

在鎂光燈閃爍不停的星光大道，開進一輛小車，一位長腿模特兒下車，然後第二位、第三位、第四位……最後竟然有十幾位模特兒走出小車，池邐成美麗的隊伍，成了今晚的焦點，此刻一位女記者大喊小車的名字：「TIIDA！」觀眾終於知道，這是一輛「最大的小車」。

很誇張的廣告，不是嗎？小房車怎可能搭乘十幾位模特兒？但卻在我心中留下深刻的印象。心想，哪天我要買小車，一定將它列入考慮。呵呵，我被洗腦了，所以這個誇張的廣告很成功，它使用的是文字誕生伊始，就被樂於使用的表達法——誇飾法。

例如古詩十九首中的〈西北有高樓〉：「西北有高樓，上與浮雲齊。」古樓再高，怎可能與雲齊高？但讀來卻意象飽滿，訊息暢達。還有最擅長誇飾的唐朝詩人李白，在〈秋浦歌〉中說自己「白髮三千丈，離愁似箇長」。一丈有十尺，等於三．〇三公尺，三千丈就是九〇九〇公尺，李白的頭髮怎可能有十八座臺北101加起來的長度？誇張！但李白的離愁卻因此詩幽遠綿長，一千多年後還密藏在我們的心房與髮間。

又例如歌手楊培安的歌〈我相信〉，唱著「相信伸手就能碰到天」，我們跟著唱，就跟著生出力量；還有張惠妹的〈眼睛裡的湖水〉唱著「眼睛裡的湖水……傾巢而出一路漫山遍野」，我們馬上能體會哭泣時漫漶的感覺。

或許有人會問：散文不是要「重實」嗎？怎麼可以誇張到違反眞實呢？其實誇飾法雖然違反「外在的眞實」，卻忠於「內在的眞實」。試問，當我們青春正盛，志在千里時，我們怎不敢用雙手丈量天地？當我們對第一次生死相許的愛戀放手時，眼眶裡的淚水模糊了不再熟悉的世界，那被淹流而過的何止漫山遍野？

科學家說那是文學家的「誇張粉飾」，但那些無法抑扼的感覺，都是最誠實的，甚至比眞實還眞實。就像莊周在〈逍遙遊〉中寫下：「北冥有魚，其名爲鯤……化而爲鳥，其名爲鵬……怒而飛，其翼若垂天之雲……摶扶搖而上者九萬里。」二千年後，人類遂有了時速萬里的火箭，與每日飛行一百六十萬公里的航海家一號太空船。也像英國浪漫詩人威廉・布萊克（William Blake）在其作品〈天眞之歌〉寫下：「一沙一世界，一花一天堂。掌心握無限，剎那是永恆。」二百年後，發明電子顯微鏡，證明「一沙不只一世界」；還有愛因斯坦用相對論證明，「光速中，剎那等於永恆」。

沒錯，我們都是「從誇飾創造眞實」的子民。

君不見人類千百年來的裝飾，頭上插上羽毛，幻想得到飛翔的能力；頸間戴上獸牙項鍊，就以爲可以得到猛獸的力量。還有華人用所有的誇飾來構建自己生命起源的圖騰「龍」，我們期待長壽，所以給牠鹿角；我們需要力量，所以牠擁有了獅鬃；我們幻想不死，所以牠的身體是不斷蛻皮的蛇身；不僅於此，我們還給牠大口呼吸的牛鼻、最敏銳的鯰鬚、最堅硬的魚鱗，以及尖銳剛猛的鷹爪。

我們自稱是「龍的傳人」，在每個寺廟宮殿鏤刻牠的身影，在每次挫敗時

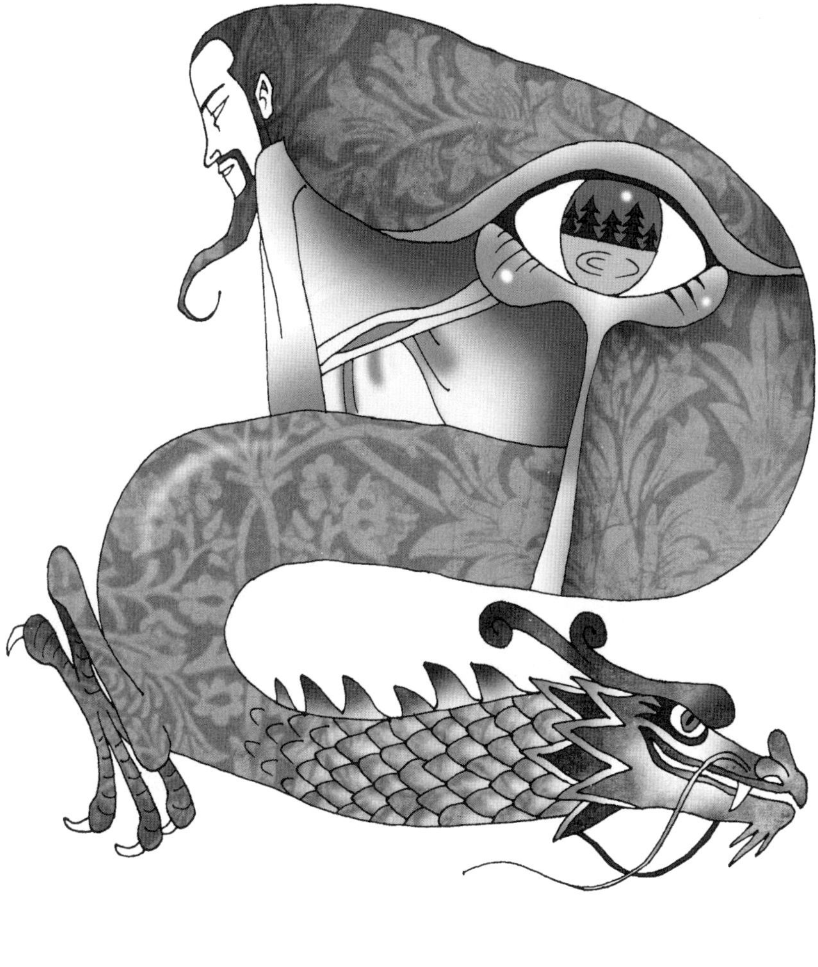

用「龍族」的驕傲來激勵自己：不，我是龍族，我不能倒下。所以當我們用最後一絲力氣，顫巍巍挺立在自己死守的戰場時，我們知道可以扶著我們往前走的力量，不再是誇飾，而是我內在的眞實，也是構建這個大千世界的無妄眞實。

31 反向力
輝煌的黑暗之心

鉛筆，所有的美麗與輝煌都出自這黑暗之心。

多少人走著卻困在原地
多少人活著卻如同死去
多少人愛著卻好似分離
多少人笑著卻滿含淚滴……

這是大陸創作歌手汪峰的作品〈存在〉，歌詞淺白，充滿對立與矛盾，卻訴盡人生況味。

兩千多年前的老子，道出「曲則全，枉則直，少則得，多則惑」，告訴我們「榮辱與共，禍福相倚」，這些對立與矛盾本是人生眞相，因此當我們書寫人間，反向思考，朝對立面破題常能撥雲見日，一語得偈。這幾年公忙寫作，「反向思考」常是我破題的利器。

五月飛英前夕，《國語日報》邀我寫會考作文〈捨不得〉，看看手錶，僅剩一小時為文。

「拒絕吧，你沒時間了。」妻子理性相勸。

「可以的，時間很夠。」我打開電腦，從題目的「反向」破題出發：

真的，沒有人可以雙手盈握，再去抓起更大的石頭。因為捨得，方有得！就像項羽帶兵，破釜沉舟，捨棄所有後路，方能大敗秦軍。也像成吉思汗，在父親遭敵人殺害後，躍馬捨棄家鄉的舒適圈，才能得到尊嚴的帝國。

人世沉浮，如同徐志摩所言：「得之我幸，不得我命。」命中不得，終須要捨。或許在全球化造成青年貧窮化的今日，我們必須先捨去舒適的小確幸，才能輕騎出發，再造自己的帝國，因為一世得失，不捨不得，大捨大得；而志在千里者，無物捨不得！

當我以「反向」的「捨得」來替「捨不得」破題時，思考變得靈臺空明，引喻取譬亦快速不少。

兩年前，我以此種思維教導國中生寫兩行詩，想不到才上一節課，出來的作品令人驚豔莫名。例如一位學生寫時鐘，從時鐘「功能性的一直走」反思它「物理性的不能走」，寫下了「不斷地向前，卻永遠留在原地」，眞實道出了許多世人的工作狀態。另有一位學生寫鉛筆，從鉛筆「物理性的黑心」聯想到它「功能性的光亮」，寫下了「所有的美麗與輝煌，都出自這黑暗之心」，深刻地點出人性就算本惡，也可以因爲正確的選擇，活出美善的一生。還有一位學生以滑鼠爲題，從滑鼠「物理性的受束縛」洞見它「功能性的不受束縛」，寫下「默默地被束縛，卻能瀏覽全世界」，像學者「微小又巨大的一生」。

其實不管思索人生或作文時，「反向」的換位思考，常能明指般若。例如一〇四年學測的作文〈獨享〉，一般人若以「享樂」下筆，則只見浮世煙塵，但若能反向地以「享苦」破題，則能劈現生命榮光，因爲「先苦後甘」、「先捨後得」本是人生眞髓。此外，若以「享苦」出發，你將會發現素材易得，不管是臥薪嘗膽的越王勾踐或是拯萬民出水火的德蕾莎修女（Mother Teresa），都將迅速走入你的素材中，輕易告訴眾生，凡人「獨享苦難」的抉擇，便是天下英雄的來處。

生命複雜失序時，我們聽到金城武講出「世界愈快，心則慢」，或是聽到汪峰唱出「多少人走著卻困在原地」時，我們在感動之餘也可以試著模仿，然後將會一次次在生活的反向處，發現生命的眞相！

32 圓融力
別把人給看「扁」了

我已不想站在對的一邊，我祇想站在愛的一邊。

楊澤《薔薇學派的誕生》

鋼鐵人太自大，蝙蝠俠搞自閉，綠巨人浩克更有情緒處理問題，但這會損及觀眾對他們的喜愛嗎？從票房來看，答案是否定的。

難怪這幾年，我們會在《蜘蛛人3》中，看到紅衣蜘蛛人因被仇恨包圍，變成黑衣蜘蛛人；甚至正義的哈利波特居然是佛地魔的一塊分靈體，而佛地魔身上竟然有哈利的血。哇，好亂喔！爲什麼現在戲中的好人有惡，連壞人也有善？其實原因很簡單，因爲這樣的角色較有「人性」。

沒錯，我們討厭太完美的人物，那太假、太呆板無味，不像我們——天生不完美。

英國小說家佛斯特（Edward Morgan Forster）的著作《小說面面觀》中，曾經將小說人物區分爲「扁型人物」和「圓形人物」兩種類型。「扁型人物」是指「依循著一個單純的理念而被創造出來」的人物，也就是說，好人就好到底，壞人就十惡不赦；而「圓形人物」則會隨著時間的遷移而轉變，在性格及行爲上具備了多面性，無法用傳統的二分法來定義。

事實上，在人類認識世界時，我們最常提出的問題是：「誰是好人？誰又是壞人？」

因此我們在寫人物時，常常會把角色設定爲絕對好，或絕對壞。像臺灣的四、五年級生，小時候相信領袖是完美的神，對岸都是萬惡的共匪；看布袋戲時，崇拜的是聖人般的「史豔文」，和玩伴嬉鬧時，打出的一定是瑞氣千條的「純陽掌」（注意，是沒有一點雜質的『純』）；然後罵人時，最狠的是罵對方爲反派大魔頭「藏鏡人」（史豔文的死對頭）。

所以，「純善純惡」的人物，一直是文字初學者的人物典型。

四年前，一位女同學曾交來這樣的作品：「父親有躁鬱症，發起病來會亂丟拿得到的物品，口不擇言，甚至攀上陽臺揚言自殺，我厭惡這樣的他……」看到文章，既心疼又不忍，我找她來，問她一句話：「父親眞的一無是處嗎？」

她想一想，含著淚，說會再將文章修一修。幾天後，我看到這樣的描寫：「他說，賭博是希望我們過得更好，自殺是希望我們留下……想起他又高大又弱小的身影，我還是心軟了，因爲——父親一直愛著我們，用屬於他的方式。」文章標題是〈我親愛的父親〉。

這篇文章得到第七屆中臺灣聯合文學獎散文組首獎，因爲這位同學經過思考與善解，把父親從原本一無是處的「扁型人物」，改寫爲大惡小善的「圓形人物」。

評審作家石德華爲〈我親愛的父親〉下評：「表達一份眞切可感的情感方式——寬容，因爲深度瞭解；承擔，然後一路向前。」眞的，如石老師所言：「散文很我。」如果我們理解這個世界的方式，一直停留在文字初學者，或媒體報導的二分法格局中，文字會陷落在陡峭的人性斷崖，永遠過不了文學與藝術想到達的彼岸。

生命的眞相就像中國的太極，陰中有小小的陽，陽中有小小的陰，然後合成一個完美的圓。所以，此後下筆或在網路上發表文章前，不妨心存寬容，然後我們的文字與世界都會變成一個圓，一路向前！

33 神話力

一五一萬億公里

黑格爾說：「藝術美高於自然美，因為藝術美是由心靈產生，然後再現的美。」

七夕是中國情人節，華人最浪漫的節日，也是中國四大傳說之一，由先人累積千年的奇思幻想而成。先人仰望夏季無瑕的星空，發覺在最璀璨的銀河兩端有兩顆最亮的星宿，不停地在黑絲絨的天際眨眼，激起多情人們編織起故事。

在二、三千年前的《詩經．小雅．大東》中，先民如此描述：「維天有漢，監亦有光。跂彼織女，終日七襄，雖則七襄，不成報章。睆彼牽牛，不以服箱。」但當時「織女」和「牽牛」只指天星，無涉情愛。

但到了大約東漢時期「古詩十九首」中的〈迢迢牽牛星〉，終於有了浪漫的謬思：「迢迢牽牛星，皎皎河漢女；纖纖擢素手，札札弄機杼。終日不成章，泣涕零如雨；河漢清且淺，相去復幾許？盈盈一水間，脈脈不得語。」

華人太愛這兩顆星星了，因此創造出許多神話，其中一個版本有點像今日的偶像劇：「豪門」之後的天子眞女織女，私自下凡，在沐浴時被「凡人」牛郎瞥見，牛郎一見鍾情，於是暗藏起織女的飛天羽衣。織女無法飛回天庭，便留在人間嫁給牛郎，兩人男耕女織，育有二子，恩愛逾恆。

傳說之所以波瀾壯闊，是因爲有巨大的礁石橫亙在前，而牛郎、織女間的巨大礁石就是王母娘娘，她反對這門親事，派遣天兵下凡來，硬押織女回天庭。牛郎帶著兩個小孩追趕，王母娘娘遂拔下頭上金釵，劃出一條天河，從此牛郎被困河東，織女則在河西。但織女思夫情切，日日淚臉，天帝心軟，於是准予每年七夕相見一次。

然而浪漫的七夕，在我到廣告公司任職後，形象竟然一夕破滅。

那天老闆替我們上了一堂課：「我們做廣告的就是創造神話的人，我們用誇張的語言讓女人相信每天擦我們的產品就可以返老還童；我們用魔幻的視覺讓汽車可以拖動一座山；就像一九三九年，美國的Montgomery Ward百貨公司創造紅鼻子馴鹿魯道夫，也是爲了行銷。今年我們要幫○○百貨賣情人節金飾，就要利用牛郎、織女的神話，哈哈！雖然牛郎、織女和紅鼻子馴鹿魯道夫一樣，都是假的。」

老闆說得眞實卻「俗氣」，這二十多年來，每當我拿起筆，「假的」一詞的貶意便一直出現在腦海。但是當我在沁涼夏夜想起唐朝杜牧〈七夕〉的「天階夜色涼如水，臥看牽牛織女星」；在失戀時吟起宋朝秦觀〈鵲橋仙〉中的「兩情若是長久時，又豈在朝朝暮暮」。總思索著：千年來，人們與牛郎、織女相繫的情思是假的嗎？

或許從科學而言，牛郎星和織女星之間相距永遠是一五一萬億公里，所以他倆在七夕的鵲橋相會是假的。但現在每逢七夕，母親還是會拜湯圓，而且在每個湯圓中間壓一下，說要盛織女的眼淚；然後燒紙糊的七娘媽亭，沒燒完的竹架子還要丟到屋頂，說是送給天上的織女住。

在今日，神話或許是假的，但神話成了生活中儀式的眞實、信仰的眞實，甚至是「愛情」的眞實。所以七夕時天空飄下絲絲細雨，你可以認爲那是夏季旺盛的西南氣流引起，也可以認爲是牛郎和織女因久別相思，泣涕零如雨。

天地玄黃，宇宙洪荒，若只以單純科學識之，只不過是理性的天文學與地質學，但當我們以無窮的人類情思與其呼應，便能吟詠出「天若有情天亦老，月若無恨月常圓」，那是除了自然美，又創造出的「藝術美」。

黑格爾說；「藝術美高於自然美，因爲藝術美是由心靈產生，然後再現的美。」所以每年七夕，當我仰望天空時，心靈仍會浮現出牛郎與織女，那是文學的美，那是神話的美，那樣的美絕對是眞的。

34 小說力

穿越時空的司馬遷

項羽怎麼可能一邊殺敵，一邊發表「長落落」的演說，這八成是太史公運用想像力去填補歷史的空白……

「老師，我想寫我媽媽，但她只是一個平凡的家庭主婦，怕寫出來不好看。」

「先說妳爲什麼想寫媽媽？」

「因爲最近和她有點小衝突，但小時候我們可是很親密的。」

「什麼小衝突？」

「唉！就昨晚我在房間念書時，她伸手摸摸我的臉，我覺得有刺痛感，就大喊一聲：『妳的手好粗喔！』感覺她蠻傷心的，但我又不知道要怎麼對她說抱歉，想說母親節快到了，可以寫一篇文章送給她。」

「妳可以寫一篇『媽媽的手』，時間從妳在媽媽肚子裡開始。」
「蛤，我在肚子裡，怎知道媽媽的手長什麼樣子？」
「妳可以想像虛構啊！」
「不對吧，老師不是說散文重『實』，散文怎麼可以像虛構的小說呢？」
「事實上，散文是否容許虛構，到現在還爭議不休，意見很極端，有人用完全虛構的故事在文學獎散文類得獎，也有人害怕虛構會破壞散文的傳統，所以把散文獎改爲『紀實文學獎』。但華文的散文傳統是容許虛構的。」
「眞的嗎？例如？」
「例如司馬遷的《史記》中就有大量的虛構。歷史是過去，後人無法親眼目睹，所以太史公只能根據歷史的可能性，大膽地採用小說家的筆法，讓歷史人物變得有血有肉、有情有神，所以很多人說太史公是以小說家之筆作史。」
「對齁，難怪我讀到〈項羽本紀〉時，好像在看小說，想說司馬遷怎麼可能知道那麼多細節。」
「眞的，我看〈垓下之圍〉時看得血脈賁張，覺得比武俠小說還好看。妳看項羽帶二十八騎兵，被漢軍幾千人追殺，還有辦法衝殺三次，三戰三勝，斬將、刈旗、殺敵數百人。甚至只要睜眼大叫，戰馬都會嚇得倒退嚕。只是感到有點扯，項羽怎麼可能一邊殺敵，一邊發表『長落落』的演說，這八成是太史公運用想像力去填補歷史的空白。」

「那寫文章不是用想像力瞎掰就可以了嗎？」

「要用『合理』的想像力，不能瞎掰。例如徐長今在〈李朝鮮國醫官散札記〉中只不過兩百五十字，韓國人卻利用有限的史實拍出七十一集的長壽劇。但在明朝年代，卻出現崔尙宮煮清朝才有的滿漢全席，就是瞎掰了。

總而言之，寫文章時可以用『情感的眞實』去合理地填補『歷史的眞實』，例如我寫〈餅香情長，陳允寶泉〉一文時，描摹二〇一一年三月十一日地震那一晚：

> 日本宮城縣民新井孝民，在稀微的燭光中打開印有繁體中文的餅盒，輕咬一口，慢慢咀嚼……眼角不禁泛淚，遂將餅盒細心摺疊，放進左胸。四年後新井孝民依照餅和地址飛到臺中，喊出肺吶積累三年的聲音：「臺灣，阿里阿多！」感動的重量都給了男人的腰，成九十度……

這段就加入了我的想像，我怎麼可能知道新井孝民將餅盒收在哪個口袋？也不知道鞠躬的角度，但加入『合理推論』的文字後，覺得文字變好看了。孔子說：『言之無文，行而不遠。』就是說如果文章沒有文采，就不能流傳很遠。所以呢……」

「老師，我大概懂你的意思了，我會試著想像『媽媽的手如何溫柔地撫摸腹中的我』。」

幾天後，學生交來作品，她眞的想像媽媽二十六歲那年，溫柔地撫摸她的樣子寫下：

那雙細緻無瑕的手曾摸著腹部，對我拍出搖籃曲；但我出生後，這雙手開始把屎把尿、持家做飯……我多少歲，清潔劑就腐蝕媽媽的手多少年，等到細斑爬滿這雙手時，我竟然嫌棄這一雙粗糙的手……這是媽媽的手，但我忽略她太久了。我想，未來不管這雙手變得如何粗糙，我都要握緊緊，就像幼稚園、小學時，她牽我上學時一樣，握得緊緊的……

很棒的散文，雖然裡面有小說的想像，但因爲情感的眞實彌補了歷史的眞實，散文可以牽緊小說，也把人間的情愛牽得緊緊的。

35 格物力

咬住彼此的齒輪

科學＋生命＝文學

科學也可以結合生命教育，變成一首詩。

「妳知道推土機爲什麼那麼有力嗎？」

「不知道耶！」

「嗯，其實主要靠的是『壓力』。」

「阿丈，什麼是『壓力』？」

「嗯，『壓力』可分爲『氣壓』與『液壓』。」

女兒上大學後，我將她的整套科學漫畫搬到老婆娘家，爲引發八歲姪女的閱讀興趣，我試著導讀幾本，沒想到才讀第一本就遇到詞窮的窘境。我總不能向她講解巴斯卡原理的液體密度乘以液體深度，所以我決定用她聽得懂的語言。

「妳知道爸爸開的車爲何叫汽車嗎？」

「因爲有很多氣！」

「沒錯，汽車會燃燒汽油，然後產生氣體，氣體在高度壓力下，就可以帶動整輛車往前跑。」

「就像我惹媽媽生氣，媽媽一直壓在心裡，最後一爆發出來，就像推土機一樣，把我和姊姊都推倒。」

「呵呵，沒錯！」

「老師說，現在很多人會生病，都是因爲壓力太大。」

「那妳希望媽媽生病嗎？」

「不要，我不要媽媽生病。」

姪女的回應驚醒了我，原來教科學也可以結合生命教育，變成寫作的素材。回校後，遂找了一位自然科的同仁，合辦了「科學與詩對話」創作比賽。我們一起要求學生「格物之理」，去找科學與生命共通的原理。其中一位學生寫下了〈齒輪〉：

我們的生命，咬住彼此
誰也別想有機會
掙脫這束縛
但這束縛
讓世界動了起來

這首詩簡單說明了團隊如擁有大小齒輪的機器，彼此約束，但合作的力量卻巨大無比，就像英文用gear（齒輪）造出的片語gear up，是「加速」的意思。

另外一位學生在學習「槓桿」原理後寫下了〈天秤〉：

在愛情的秤盤上
幸福小心翼翼，忽高忽低
思念悄悄，忽上忽下
或是有一天，平了
成爲永不再搖晃的

這首詩讓人瞭解，人與人相處不可能有永恆的平衡，人間關係的天秤永遠高高低低、上上下下，偶爾會失重，偶爾會傾斜。只有在彼此善解與調整力量中，才能與他人取得短暫的微妙平衡。

在上完「音波」這一章後，一位學生寫下〈共鳴〉：

在人造的聯考天地
我們躲在波峰與波谷
探尋彼此的頻率，與腹語
聽不見的共鳴

這個學生知道，萬物相同頻率時方能產生共鳴。五百年前也有一位讀書人，企求參透萬物的頻率，他就是當過司法官、軍事家與文學家的一代儒將陽明先生——王陽明。十一歲時，長輩要他以〈蔽月山房〉為題吟詩一首，他不假思索，隨即誦道：「山近月遠覺月小，便道此山大於月；若人有眼大如天，還見山小月更闊。」此詩可見王陽明從小對自然天地觀察入微，所以他的學習會從朱熹的「格物致知」出發，而「格致」兩字，在清末就是「科學」的代名詞。

最後王陽明發現「物理」就是「人性」。他在《傳習錄》中說：「若見得自性明白，心即性，性即氣。」所以他從「格物致知」走向了「心、性、氣」合一的「致良知」。

文以氣為先，原來我們都可以學習陽明先生，藉由萃取萬物之理後，明心見性生文氣。如同那天小姪女在瞭解壓力的機械原理後，訥訥道：「我寒假作業的短文，就寫『不要給媽媽壓力』，我要想想如何不讓媽媽生氣，沒有氣，就不會有壓力，媽媽不會變成推土機，也就不會生病了！」

36 感應力

陪你深呼吸

對世間一切訊息的「感應」，似乎已成了我所有創作的伊始。

「讀到您爲臺南寫的詩，深受感動，我是那位深深呼吸的中廣記者，感謝您做的一切，以及您的紀錄。」我看到臉書上的私訊，又是一陣孟浪難平。

那日開車收聽中廣，輕柔的女聲正報導臺南強震：「邱母與大兒子被救出，但次子、女兒不幸死亡……」突然，隱約聽到深深、深深的呼吸，我知道播音記者正強忍淚水，努力保持她的新聞專業，但那一刻，我握方向盤的手被她震撼了。回到家中，拿出紙筆，填下了〈臺南深呼吸〉：

這一夜　整座島嶼都是臺南的天氣

永康是藏在胸口　說了會痛的祝福語……
在最冷的除夕　在眾神的懷裡
臺南呵　我們陪你深呼吸

高中同學嘉亨很快譜了曲，放上網路後，電視媒體分享出去，想不到被那位播音記者聽見了，證實那個午間的播音室，眞的有一息深深的呼吸，隱忍、愼微卻巨大到足以讓天地一霎俱寂、眾神屏息聆聽。我將那一刻的感動凝結爲文字，那呼吸遂轉世爲肺吶長風，流轉成音符，爲眾生再一次深呼吸。

我感謝那位劉姓記者，沒有她的善「感」，就沒有這首歌的回「應」。

一位詩人朋友曾說：「寫作者不能不善感，寫作的關鍵不在能力，而在一顆能與世界感應的心。就像這片泥地上的黃葉，落地前在空中十九次轉身，每次轉身都有不同的惴想：它會憶起身世新綠時，春陽初吻的暖意；會懷念年華正盛時，夏雨淋浴的沁涼；還會在第一根葉脈斷裂時；生命倒數中最後的秋涼。這片落葉在最後一次轉身前，瞥見其他落葉正化成春泥滋養大地，它知道迎接它的不是死亡，而是新生。它知道它的魂魄還會融入下一季的春雨，再次爬上枝頭，所以它在空中化成一道微笑的弧線，閉上眼，優雅地落地。眞的，大千世界無物不可感，無事不可應。」

從輟筆二十年，到現在的日日筆耕，我慢慢能體會詩人的「開示」。原來「感」與「應」互爲因果。「感動」是輸入input，「回應」是輸出output，彼此牽引滋養，就算沒有寫作習慣的人，一旦開始有感有應，頭上會長出天線，會感應到以前接收不到的訊息。

「我頭上長出天線了。」上週偕同另一位高中同學北元到斗六高中演講，他如是回應我。但三年前相遇時，他仍身陷囹圄。

「把你的故事寫出來吧！你的書寫會成爲生命教育最好的教材。」

「我不像你，出了書，當了作家，已經進入寫作狀態。況且我在鐵窗裡，寫給誰看？」

「就寫吧！你只要開始寫，頭上就會長出天線，接收到可化爲文字的訊息。」

北元嘴巴硬，手還是拿起筆了。他愈寫愈瞭解現實材料變成文字的邏輯，恢復自由身後，不到十四個月竟出版了兩本暢銷書。

「你現在是作家了喔！」

「同學，你不要取笑我了，但老實說，寫作眞的讓我的心地更加柔軟，更能感應別人的心情。」北元出獄後，失去了以前律師的資格，但以法務代理人的身分重返職場後，順利完成中捷崩塌與高雄氣爆罹難者的保險理賠。

「以前只會拿法律的大刀亂砍，總要開幾次庭才能解決一個案件，但現在多了善感的能力，一句問候『我能爲你做點什麼？』以情交情，常常就能打動保戶，坐下來圓滿達成協議。原來情理法中，情感才是最強大的力量。」

進入宗教狀態的北元，變得溫暖多情，臉部線條愈來愈柔和，「我覺得你長得愈來愈像慈眉善目的菩薩了耶！」我想到梵語「菩薩」（Bodhi-Sattva），原來是「覺有情」的意思。

「沒那麼偉大啦，倒是那天去消防局林主祕家中探視時，想到我們兄弟倆的生命，竟然不約而同都和他們有連結時，覺得人間的情緣眞是神奇。」

北元的感慨把我拉回一年半前，那晚用餐閱報，在報端看見林主祕的女兒，徒手挖土嗅聞，尋找父親殘骸，再也無法進食，晚上寤寐間，被湧動的文字溼潤了雙眼，遂和衣起身，讓忍不住的痛覺漫漶，流成一帙〈聞你〉：

我輕輕捧起每一顆泥
放在鼻前，問這一條叫做凱旋的路
是不是聞完整個港都
就可以拼湊出一個完整的你？

寫完後，彷彿看見那位消防官員在生命最後一次轉身前，知曉下一刻迎接他的不是死亡，而是新生。他的魂魄會融入每一季的春雨，進入另一個可感可知的天地，那是書寫者在無情歲月中與另一個生命同感相應後，最想留下的有情天地。

37 自媒體力

螢火蟲之墓

品牌是價值，是超越價格的藍海，是讓能力被看見的能力⋯⋯

「四月來看螢火蟲！」

冬天我和好友陳清圳校長、鹿鳴國中楊志朗老師，三人在樟湖國中小旁的民宿訂下了春天之約，但是這個約定可能永遠無法實現了。

四月十三日夜晚，清圳走到學校對面林地，準備觀察螢火蟲的數量，卻發現熟悉的森林不見了，原來高十幾公尺的森林，整個被怪手夷為平地，樹頭散布各地，橫屍遍野。他過去一年在這裡拍到白鼻心、鼬獾、食蟹獴、野兔、藍腹鷴、深山竹雞等重要野生動物，以及滿山的螢火蟲，而如今因為人類的貪婪，他們失去了百年的家。

清圳在自己的臉書寫下〈螢火蟲之墓〉，記錄如何通報，促使鄉長勒令開發商停工，以及縣府處長調查之後發現是非法施工，直接報警處理。這篇文章在一天之內得到一萬多人按讚，六千多次分享。最重要的是，他讓眞相被看見，全臺媒體大幅報導，喚起民識，讓臺灣人知道島內濫砍濫伐的嚴重，甚至替立法改變帶來契機。

另一位朋友也是樹木專家，也在臉書發表過幾次類似的文章，但很可惜，專業的沉痛呼籲，只得到小眾閱讀，無法帶來實質的改變，原因是這位朋友的臉書還未成爲「品牌」。

我在自媒體耕耘幾年，並僥倖獲得實驗的正向回饋後，發覺自媒體品牌的成功離不開五個要素：品牌（brand）＝利他（benefit）＋重複（repetition）＋藝術（art）＋簡潔（neat）＋正派（decency），說明如下：

1. 利他：

如同六年前美國吹起的「B型企業」（Benefit Corporation）風潮，現在好的品牌一定要從「利他」出發。例如以「One for One」（每賣出一雙鞋子，就送一雙給貧童）爲訴求的TOMS鞋，還有反對動物實驗的美體小舖（The Body Shop），都獲得商業上的巨大成功。如同《祕密》這本書所言，我們常只記得書中的第一原則是「吸引力法則」，卻忘了書末提到——如果第二原則不成立，第一原則也不會成立，而第二原則就是「利他原則」——原來，利他才能利己。

所以一位房仲如果每天貼的文都是以保護消費者出發，他一定會得到消費者的相信。而相信，就是品牌。

2. 重複：

建立品牌另一要件是「重複廣告」（repetition in advertisement）。廣告只有重複到一定的頻率後，才會在閱聽者的心中留下印象，然而這重複的訊息必須是統一的，才會留下記憶點。我自己從二〇一三年初開始固定在臉書發文，到出版社找我出書，剛好是三個月。

3. 藝術：

art藝術是人為（artificial）的美感，藝術是一種隱藏，沒有人喜歡閱讀缺乏美感的淺白文字。人類天生愛好美的事物，美好的文字會帶來感動，感動會帶來認同，所以想要自己的文字在「感動經濟」中立足的人，別忘了練習文字的技巧，從文學中吸取養分。

4. 簡潔：

TED短講及微電影之所以在本世紀成爲顯學，是因爲在這個十倍速的年代，人類的心理速度愈來愈快，接受刺激與對刺激反應的時間愈來愈短。太冗長或節奏推展太慢的文字，只會使讀者拉下眼簾。所以想被看見，文章以簡潔爲要。

5. 正派：

品牌經營不易，但若不循正派經營，崩解極速。從頂新到福斯汽車，太多教訓都告訴我們：「品牌之道，唯誠不敗。」

我一直提醒自己，每一篇貼文都要做到利他、重複、藝術、簡潔及正派等五點，讓「自己的媒體」成爲世人相信的品牌，甚至轉化爲引導臺灣價值向上的正資產。這幾年從三月學運、改變一中街、外籍漁工募集冬衣、臺灣男子拔河隊募款，到協助史迪爾小姐、臺灣品格籃球等學生創業個案，幾乎都從自媒體貼文及建立品牌開始。

宏碁創辦人施振榮在臺灣空有一身好本領，卻只能打價格戰的紅海時，提出「微笑曲線」這個名詞。曲線的左端是研發能力，右端就是品牌。因爲品牌是價值，是超越價格的藍海，是讓能力被看見的能力。

在這個全球化的時代，形象模糊、空有能力卻缺乏機會的人，都可以嘗試在臉書、微信或部落格等自媒體書寫，慢慢用利他、重複、藝術、簡潔及正派等五點，打造自己的品牌，讓自己被看見！

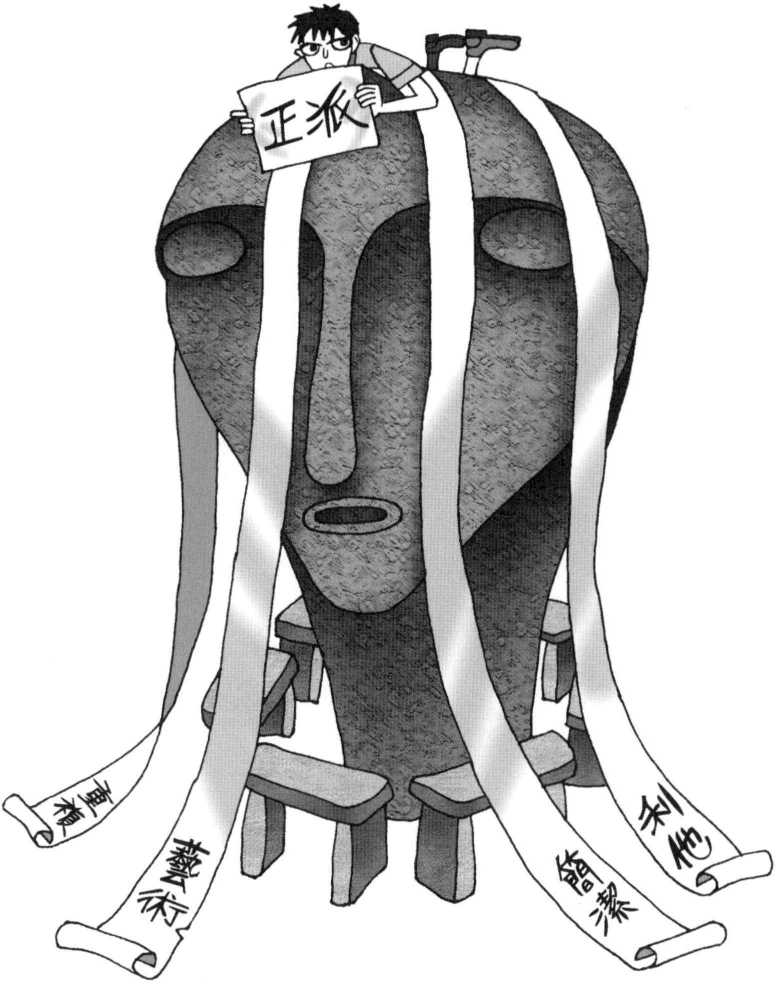
正派
重複
藝術
利他

38 詩眼力

攔檢晚風

只要主、受詞一換，文字就能翻出新意，增添情趣，不僅加強形象性，也替人生鑄就新的意境。

「妳的散文很乾。」

「很乾？是什麼意思？」

「太白了，沒有帶領思緒飄飛的佳句。」

「老師，我就是不想背一些補習班的警言佳句，雖然那對得高分很有效，但是我覺得很假。」

「警言佳句不見得要背，自己創造就有了。」

「蛤！怎麼可能？」

「可能！只要懂得用『詩眼』即可。」

「國文老師好像有講過，王安石『春風又綠江南岸』裡的『綠』是『詩眼』。」

「呵呵！沒錯，這個『綠』在這首詩中不當名詞或形容詞，而是當動詞，而『動詞』就是『詩眼』。詩眼一詞最早見於北宋，蘇軾曾有詩句：『天工忽向背，詩眼巧增損。』但此詩眼指的是看出詩詞材料的慧眼，不是我要與你分享的動詞。」

「老師，聽不懂耶。」

「沒關係，任何日常的動詞都可以當詩眼，妳拿妳寫的文字給我，我示範給妳看。」

「好，老師，你看看。」學生拿出她的週記。

「這是妳寫的。」我隨便翻開一頁：「昨天偷騎摩托車出去，不小心和汽車擦撞，汽車司機連忙下車扶起我，問我有沒有擦傷。我因為未成年沒駕照，很怕被警察攔檢，所以連忙逃走了。」

「現在妳將裡面的動詞找出來。」

「好，老師，有偷騎、擦撞、扶、下車、問、擦傷，還有攔檢。這些動詞有什麼了不起的嗎？」

「呵呵，主詞、受詞的『人』、『物』互換，就了不起了。例如詩人林禹瑄寫過『聽見日子與日子「擦撞」』；詩人然靈寫過『讓我們用霧「扶」正／開窗時不小心絆倒的上弦月』；詩人紀小樣寫過『落葉還沒完成最後的顫抖／斧頭便來逼「問」一棵樹的年齡』；詩人嚴忠政寫過『我的島淨空／只剩一排椰樹「攔檢」晚風』。這些都是你用過的動詞，只要主、受詞一換，文字就能翻出新意，增添情趣，不僅加強形象性，也替人生鑄就新的意境。」

「哇，不愧是詩人，好強喔！我永遠寫不出這些精鍊傳神的佳句。」

「不，妳可以的，妳拿『擦傷』這個動詞試一試。」

「好，我『擦傷』了我的皮膚。」

「應該要把原來『習慣的主詞』換掉，例如人換成物，實的換成虛的。」

「人換成物，實的換成虛的，那『太多的考試擦傷了我的皮膚』可不可以？」

「有點感覺了，但沒有意思，藝術創作最重要的就是『有意思』，妳想一想，太多的考試有沒有排擠妳投入什麼興趣的時間。」

「當然有，我喜歡跳舞，但為了考試，都沒時間練習，跳舞是我的夢想耶。」

「這就是生活的邏輯，就有意思了，妳把『跳舞』帶進去看看。」

「老師，你是說『太多的考試擦傷了我的跳舞』嗎？」

「呵呵，差不多了，就是文意不夠『精確』，要文從字順。再給你一個提示，妳會在什麼地方『擦傷』身體？把這個地方當成妳跳舞的地方即可。」

學生很認真，一修再修，經過一星期的「驗貨」與「退貨」後，終於交出很棒的文字：

> 我以爲青春是我的大舞臺，但我莫名跳入升學的黑森林，那裡長滿高聳的教科書，遮蔽了天空，還長出多刺的考試，每天『擦傷』我的舞姿。老師說，動作不要太大，縮小自己通過，就不會被『擦傷』，但我想跳躍、我想旋轉、我想跳舞啊……但傷口實在太痛了，我慢慢地縮小、縮小。呵呵，我現在不痛了，原來夢一縮小，就不會痛了！

學生寫得很好，整段都是警言佳句，可是我讀完後卻有點感傷，很難有孺子可教的喜悅，因爲她的文章長滿青春的毛邊，一放上辦公桌便「擦傷」躺臥在桌上的晨光。

39 情理力

繞過幾個委屈

我害怕有心沒腦，有情沒理的酸民世代……

L拿著他的月考作文來問我：「為什麼我這次的分數這麼低？」作文題目是〈你對學校的改革意見〉，看看他的文章，我決定用一個心理測驗來說服L。

「這裡有兩種品牌冷氣機的廣告，你聽聽看。A是『節能，省電，美觀，強冷』，B是『要換冷氣了，阿公說，這一臺用了三十年都還好好的，未來三十年當然還是用這一牌』。你會買哪一牌？」

L考慮半晌後：「我大概會選B吧。」

「文創班同學和你的選擇一樣。選B的是A的四倍。」

「為什麼呢？這和我的作文有什麼關係呢？」L充滿了好奇。

「『說理』比『說情』更容易說服人。但A是沒有根據的形容詞，只有賣方的情緒；但B陳述有人、有時間、有地點、有驗證事實、有報導文學需要的5W及1H，因此可引發買方的理性思考。但可惜的是，這次你的文章比較像『沒有根據』的A，太多你自己的感覺，太少具體實證說理，『情理比』不對。」

「情理比？」

「是的，理想的『情理比』至少是一比五。」

「不懂耶。」

「這是英文作文的基本架構。英文作文的第一句叫『主題句』（topic sentence），主題句就是結論，是主觀的情緒。但後面的文章主體，叫做『支持論述』（supporting material），是客觀的理性支撐，需要主題句五倍以上的篇幅當地基，這樣子『主題句』這棟房子才不會垮掉。」

「老師，你是說我的文章垮掉了嗎？」

「不好意思，眞的垮了。你說『我們的營養午餐難吃，難怪大家都不喜歡吃』，卻沒有事實支持論述。」

「老師，這是事實啊，眞的大家都不喜歡吃。」

「好，那請問大家是誰？不喜歡吃哪一道菜？」

「例如我們班的同學都不喜歡吃茄子。」

我拿出兩年前的校刊：「你看一下，這是學長姐做的午餐專題，裡頭有五百份問卷的調查結果。」

「哇！太不可思議了！喜歡茄子和討厭茄子的，竟然數目一樣。」

「不僅茄子，你看，竟然有三分之一的菜，勾選喜歡和不喜歡一樣多。所以你指控茄子難吃只是主觀意見，你的樣本數也不夠。」

「哇，老師，那要下一個結論好難喔。」

「對啊，當然難。這就是爲什們我在研究所寫論文時，教授一直叮嚀我，題目要愈小愈好，不然若『支持論述』找不齊，口試時會被批得體無完膚。」

「但是老師，同學寫小論文時，題目都好大，例如寫『臺灣人的便利商店咖啡喜好』時，只不過發我們班三十人的問卷，就可以下結論，還能批評哪一牌的難喝。」

「眞的，批評很簡單，但要做出合乎事實的『理性批評』卻很難。」

「但是，網路時代好像不需要什麼『支持論述』，任何人都可以發出批評。」

「是啊，如果大家習慣不求證就發表情緒性批評，不僅傷害很多無辜的人，而且可能讓好的政策窒礙難行，甚至整個國家運作不了。」

「哇！有道理耶，可是從小到大，寫作課很少講這個。」

「其實自古希臘開始，西方就很強調寫作。像我前年去波士頓一所高中觀課，發覺寫作不僅在作文課練習，也與各科合作。他們的寫作訓練與閱讀、討論、思考密不可分，因爲他們把寫作視爲思考能力高層次的表現，以及全民邏輯分析的基礎，不會局限於文法修辭。」

「難怪上次他們來訪時，發覺他們高一的學生雖然年紀只等於我們的國三，但講話就很有邏輯。但是老師，太注重理性，文章會不會就不美了？」

「不，不，不！注重理性，反而會增加文章的美感，因爲好的文章一定要做到『情理交融』。其實愈美的詩，邏輯愈難。就像德國的文學家兼科學家歌德（Johann Wolfgang von Goethe）說：『詩是成熟的理性。』好的詩很複雜，就像一篇大論文，有一到十的邏輯，然後再拿掉其中的一部分。例如詩人嚴忠政的〈途中〉，你看電腦螢幕：

我們走。
即使一條小小的鞋帶
能繞過幾個彎
也就可以繞過南迴公路
能繞過幾個委屈
之後就是我們的蟲洞
像是我們可以把時空折彎……

你看，鞋帶、繞彎、南迴公路、委屈、蟲洞、時空折彎，這些意象有很理性的共通點，就是『彎曲迂迴』，像情愛、人生和旅行。只是詩人不會寫『我綁鞋帶出門，在南迴公路繞彎，想到爲了愛情，妳受了委屈，只希望我們的愛可以像愛因斯坦的蟲洞，可以跨越時空，可以永恆。』詩人像剪接師一樣，把這個散文邏輯抽掉幾段，再重新排列，變成多感性的美詩，但其中是有理性與邏輯的。」

「難怪老師會用『邏輯斷裂』來說我的詩不好。」

「比起你的詩和文章，其實我更害怕的是整個國家人民的邏輯斷裂，我害怕

寫作教育不教理性，我害怕科目與科目之間邏輯斷裂，那將會教出只有心沒有大腦、只有情緒沒有理性的下一代。寫過《純粹理性批判》的康德（Immanuel Kant）說過：『我們所有的知識都開始於感性，然後進入到知性，最後以理性告終。沒有比理性更高的東西了。』我多麼希望寫作教育也可以始於感性，最後以理性告終。」

「老師，你講的有一點難，但我至少學會一點，有一分理說一分話，不要隨便批評。」

「呵呵，太棒了！其實表達時，由理入情、由情入理都可以，但如果大家都像你一樣，有一分理說一分話，這個國家就不會『邏輯斷裂』，然後大家會活得更有詩意喔！」

40 關聯力

品格籃球隊

用「有你」的文字來感動讀者，
讓「品格」被看見！更要讓「臺灣」被看見！

「你覺得同學看班級合照時，會先看誰？」

「會先看自己吧。」

「沒錯，一般人會先看自己，如果照片中沒有自己，就會找認識的人。『尋找關聯』是人的天性。」

「可是，老師，這和我們的募資活動有什麼關聯呢？」

「當然有關，因爲在你的文字中，讀者找不到自己。」

眼前這個男孩叫楊德恩，才大二，卻夢想創立一個世界級組織。十六歲時，德恩在偏鄉看見孩子邊打球，邊罵三字經，甚至球場旁還有青少年在械鬥，他覺得自己應該做點什麼。於是不管學校課業如何繁忙，德恩每個週末一定來彰化埔鹽這個鄉下教小朋友打球。每次練球之前，德恩都會拿出白板講品格，例如責任、認眞、愛心、順服、謙卑、守時等，之後才練習打籃球。二〇一一年林書豪回臺時，特地拜訪了德恩的球隊，協助他教小朋友打球；一週後，詹姆斯大帝訪臺，在數十家媒體前，挑中了德恩打一對一。

高二時，剛在美國當一年交換學生的德恩回國後，發覺自己母校的籃球校隊因爲紀律不好被解散了。「老師，我們來推品格籃球救校隊。」德恩來找我，自信滿滿道。

德恩在美國時加入George Banks的球隊。Banks和電影《卡特教練》一樣，遇到的是一支屢敗屢戰的隊伍，但他相信品格和紀律可以使他的球隊登上高峰。Banks要求隊員和他簽下協議，約定如果球隊不團結或學業成績不佳，就不能參加任何比賽。德恩一次練球時只遲到了一分鐘，就發覺自己被鎖在體育館外，從此不敢遲到。

德恩挖出Banks教練的「運動員合約」逐條翻譯，然後拉著我像傳教士般拜訪各處室。他相信只要重新取得行政與教師的信任，同學們便能夠一個個穿回他們的球衣。「品格籃球」爲這些孩子帶來正向的改變，德恩心裡隱隱約約有個更大的夢想在萌芽——有沒有可能將「品格籃球」推廣到全臺灣，將臺灣打造成品格島，甚至，最後推廣到全世界……

大一暑假期間，德恩和高中同學組成一個團隊，靠自費和小額捐款，完成了一個又一個看似不可能的任務，以每個月至少一場的速度，在臺中、彰化、嘉義、雲林、高雄、屏東、臺南、南投等八個縣市成功舉辦超過十場品格籃球營。至今「品格籃球營」已接觸超過三千一百人，並連結全臺四十個包含學校和社福單位的機構，目前在雲林和彰化每週都有品格籃球隊團練，也改變了更多孩子的品格。

學員阿淵說；「這個籃球營像一巴掌打醒了我，以前我認爲打籃球就應該以贏球爲首要目標，因此常常髒話不離口，輸球時只會責怪隊友，直到參加了這次營隊後，才深刻體會到，不管是人生或是球場上，輸贏乃常見之事，因此失敗並不可恥也不需氣餒，只要以品格爲中心，忠於自己的目標，失敗也能成爲成功的墊腳石！」

學員阿耀因爸媽離婚，由阿公、阿嬤照顧，家庭狀況不穩定，導致國中時常不聽課，找人打架，而且鮮少寫作業，態度消極散漫，他覺得自己頂多讀完高中，然後回去一生務農，但熱愛籃球的他，遇見品格籃球後，決心成爲品格籃球員，不再用拳頭過日子，要用品格得到別人的尊敬。

一個個神蹟般的品格故事在「品格籃球營」發生，德恩和他的夥伴更深信，這個「臺灣年輕人愛好比例最高的運動」，眞的有可能改變青少年，甚至在不久的將來造出一個「臺灣品格島」。他們希望能有足夠經費至全臺各縣市舉辦品格籃球營，並已得到前NBA快艇隊中鋒Keith Closs的首肯，在二〇一六年暑假來臺協助。連美國街頭籃球之神Professor都願意用三分之一的價格受邀來「品格籃球營」，西班牙、馬來西亞和對岸，開始對臺灣學生的創舉感到興趣，希望他們能到國外試辦品格籃球營。

然而，這些臺灣年輕人即將完成的世界級夢想，不再是靠幾個大學生和親友的小額捐款就能成眞。

暑假快到了，「品格籃球團隊」希望這個夢想能靠募資平臺的小額募款達成，但是德恩第一次放上網路的募款訊息，除了他的老師外，得到的捐款是零。

我知道除非重寫文章，否則這個「臺灣成爲世界品格籃球起源地」的大夢，可能就此胎死腹中。

「爲什麼在我的文字中，讀者找不到自己的相關？老師，你要教我，文字行銷眞的是我最缺乏的一塊。」不想放棄夢想的德恩，很希望知道解答。

「來，我先說一個網路流傳很廣的故事：晴光朗朗的午後，一個乞丐在身旁立著一塊紙板，上面寫著『我是瞎子，請幫忙！』但路人來來往往，沒有人朝他的罐子投下任何銅板。這時一個路過的廣告人突然回頭轉身，將他的紙板翻過來，拿筆寫了幾個字，然後奇蹟發生了，路人紛紛掏出零錢，罐子都要滿了！原來紙板上的字被改成『這是美麗的一天，可惜我看不見』！」

「有點意思，但我不是很懂。」

「路人看到『我是瞎子，請幫忙！』只覺得那是乞丐自己的事，但『這是美麗的一天』是路人當下的體驗，所以他們會對『可惜我看不見』感同身受，這就是『關聯』，『關聯』就會產生力量。」

「我有點懂了，所以我寫『請幫助臺灣品格籃球募款計畫』，並沒有找到關聯。」

「沒錯。我再舉個例子，作家褚士瑩在〈一件給外籍漁工的二手冬衣〉文中寫下：『臺灣人以為自己吃到的臺灣海鮮，其實大多是外籍漁工為我們辛苦捕獲的。』文字中就有了『你的關聯』，讓讀者感同身受。」

「我記得老師也有在學校發動募冬衣活動，還寫一篇文在臉書上。」

「是啊，這一篇被廣泛轉發，有近一千六百次分享，還引來電視臺到學校報導，結果南方澳、東港、澎湖和高雄港的外籍漁工都拿到了冬衣，最後漁業署還回我訊息，說冬衣已足夠，今年可以不用再寄冬衣了。」

「哇！文字被看見後，影響力好大，可以幫好多人。」

「沒錯，再舉一個校友的例子：一年半前，學姊意喬拍了《拔什麼河？》紀錄片，放在網路上，寫著『這是我的碩士班畢業作品，臺灣男子拔河隊的故事』。可惜點閱的人並不多。我點進去看後，哭慘了，拍得眞好，相信只要再加上『被看見的能力』，一定會引起共鳴。所以我寫了八百多個字，放在我的臉書。我寫下『為什麼拿一條莫須有的理由（鞋底不能噴清潔劑），就把臺灣男子拔河歷史上第一面世界金牌拔掉？每位選手都哭了，不甘願啊！（怎麼又是臺灣？）』結果得到一千六百多個分享，意喬學姊也因此『被看見了』，半年內接了四十多個演講。」

「我記得這一件事，我看到『怎麼又是臺灣？』時，整個人被撼動了，因爲臺灣中有我。」

「是啊，一樣的奇蹟今年又發生了。臺灣男子拔河隊要飛到荷蘭衛冕二〇一六世界盃，卻因經費不足無法出賽時，南投高中的校友拿意喬的片子，配上五月天的〈勇敢〉，感動了許多國人，結果五月天捐了五十萬，吳克群捐了二十萬，最後三百多萬的四個量級出國經費兩天內就湊齊了，最後替臺灣帶回了四金二銀的榮耀。」

「老師好像也在臉書上寫一些話，非常熱血。」

「我寫下『戰士說：讓我們出去，爲了臺灣，要死也要死在世界盃的戰場上』。」

「呵，這些文字眞有力量。」

「這些文字眞的發揮了力量，得到七百多次的分享，至少三十幾個朋友留言說，因爲看了文章，當下就上了募資平臺捐款。」

「好希望因為有力量的文字，『臺灣品格籃球』可以被大家看見。」

「會的，會被看見的，來，我們再研究，用『有你』的文字來感動讀者，讓『品格』被看見！更要讓『臺灣』被看見！」

品格

LEARN系列028

寫作吧！你值得被看見

作　　者—蔡淇華
插　　畫—卓昆峰
主　　編—邱憶伶
責任編輯—麥可欣
責任企劃—葉蘭芳
封面設計—我我設計工作室
美術設計—黃庭祥
董 事 長—趙政岷
出 版 者—時報文化出版企業股份有限公司
一〇八〇一九臺北市和平西路三段二四〇號三樓
發行專線—（〇二）二三〇六—六八四二
讀者服務專線—〇八〇〇—二三一—七〇五
（〇二）二三〇四—七一〇三
讀者服務傳真—（〇二）二三〇四—六八五八
郵撥—一九三四四七二四時報文化出版公司
信箱—一〇八九九臺北華江橋郵局第九十九信箱
時報悅讀網—http://www.readingtimes.com.tw
電子郵件信箱—newstudy@readingtimes.com.tw
時報出版愛讀者粉絲團—http://www.facebook.com/readingtimes.2
法律顧問—理律法律事務所　陳長文律師、李念祖律師
印　　刷—家佑實業股份有限公司
初版一刷—二〇一六年五月十三日
初版四十四刷—二〇二四年七月八日
定　　價—新臺幣二八〇元

時報文化出版公司成立於一九七五年，
並於一九九九年股票上櫃公開發行，於二〇〇八年脫離中時集團非屬旺中，
以「尊重智慧與創意的文化事業」為信念。

寫作吧！你值得被看見 / 蔡淇華作.
-- 初版. -- 臺北市：時報文化, 2016.05
面；　公分. -- (Learn系列；28)

ISBN 978-957-13-6635-7(平裝)
1.寫作法

811.1　　105007278

ISBN 978-957-13-6635-7
Printed in Taiwan